W0408941

MÈRE CUBA

Wendy Guerra est née à La Havane en 1970 et y réside actuellement. Elle est diplômée en mise en scène cinématographique, radio et télévision à la faculté de communication de l'Institut supérieur d'art (ISA). Outre sa collaboration à diverses revues, elle est reconnue à Cuba pour son œuvre poétique, couronnée de divers prix, grâce à des recueils tels que le précoce *Platea a oscuras* (1987), *Cabeza rapada* (1996) ou *Ropa interior* (2008). Ses trois premiers romans ont été publiés aux éditions Stock : *Tout le monde s'en va* (2008), *Mère Cuba* (2009) et *Poser nue à La Havane*.

Paru dans Le Livre de Poche :

TOUT LE MONDE S'EN VA

WENDY GUERRA

Mère Cuba

ROMAN TRADUIT DE L'ESPAGNOL (CUBA)
PAR MARIANNE MILLON

Traduit avec le concours du Centre national du livre

STOCK

Titre original :

NUNCA FUI PRIMERA DAMA

© Wendy Guerra, 2008.
© Éditions Stock, 2009, pour la traduction française.
ISBN : 978-2-253-13458-9 – 1re publication LGF

PREMIÈRE PARTIE
Une aube avec personne

Mon pays est cet instant unique qui se déroule maintenant, partout, rives de la terre, lieux où je ne sais et ne peux aller, et où j'arrive pourtant.

Albis TORRES.

La fille de tous vous parle, vous informe depuis le pays de personne.

Je m'appelle Nadia Guerra et, pour la première fois, à micro ouvert, je vais vous dire ce que je pense, ce que j'ai ressenti chaque matin de ma vie au cours de ces années où je saluais le drapeau et entonnais l'hymne national, ce que je n'avais pas osé dire avant cette minute. Écoutez ce que je vous raconte aujourd'hui dans mon émission de radio, en direct, protégée par le demi-jour de cette cabine hermétique.

J'appartiens à une zone d'intimité qui me rend humaine et non divine. Je suis une artiste et non une héroïne contemporaine, je déteste cette disproportion, je ne veux pas qu'on attende de moi ce que je ne suis pas. Je ne dois pas plus aux martyrs qu'à mes parents, à ma résistance, à ma propre histoire personnelle ancrée ici dans ma simple vie cubaine.

Je ne peux plus m'efforcer d'être comme le Che,

d'acquérir la pureté de Camilo[1], de posséder le courage de Maceo[2], la hardiesse d'Agramonte[3], la vaillance de Mariana Grajales[4], l'esprit encore errant et créatif de Martí[5], le silence stoïque de Celia Sánchez[6] ; ma prouesse est simple : survivre sur cette île, éviter le suicide, supporter la culpabilité découlant de mes dettes, le hasard d'être restée en vie et me désintéresser définitivement de ces noms tenaces de guerre et de paix.

Je ne veux pas être la martyre des martyrs, de leurs épopées et de leur grandeur épique. Par rapport aux statues des héros, j'ai pensé que ma

---

1. Camilo Cienfuegos (1932-1959), compagnon de route de Che Guevara, disparu le 28 octobre 1959 dans un accident de son avion et que les enfants des écoles honorent tous les ans en jetant des fleurs dans la mer. *(Toutes les notes sont de la traductrice.)*

2. Antonio Maceo (1845-1896), figure marquante de l'histoire de l'indépendance de Cuba, général surnommé le Titan de bronze, mort au combat.

3. Ignacio Agramonte (1841-1873), insurgé cubain qui joua un rôle déterminant dans la guerre de Dix Ans (1868-1878).

4. Mariana Grajales Coello (1815-1893), icône cubaine de la lutte pour l'indépendance, contre l'esclavage et pour la reconnaissance du statut des femmes, mère des insurgés Antonio et José Maceo.

5. José Martí (1853-1895), homme politique et poète cubain, chantre de la lutte pour l'indépendance, mort au combat le 19 mai 1895 à la bataille de Dos Ríos.

6. Celia Sánchez (1920-1980), révolutionnaire, compagne de Fidel Castro elle occupa différents postes officiels tels que celui de secrétaire de la présidence du Conseil des ministres.

mort devrait être banale, minutieuse, soignée, discrète.

Mes véritables héros sont mes parents, victimes d'une survie domestique, silencieuse, prolongée, douloureuse. Désintégrés dans une secte d'adorations et de déceptions, ils ont perdu la raison.

Démolis comme le mur, s'ils regardaient de l'autre côté, il ne leur restait que la mer pour patrimoine ; la baie sombre et étoilée ou les Caraïbes lumineuses de tous les jours. Et rien de cela ne put les sauver. Ils renoncèrent à leurs projets personnels afin d'intégrer le projet collectif.

Les leaders au premier plan et mes parents à l'écart des projecteurs, dans la profondeur de champ, loin, très loin des protagonistes. Ils ont été d'attendrissants figurants, des doublures de la grande œuvre, divin scénario, complexe mise en scène.

Certains jours, je me suis sentie orpheline ou, pour le dire de façon plus conciliante, fille de la patrie. Je ne voyais mes parents que rarement. Cela n'avait rien d'exceptionnel, plusieurs amis se trouvaient dans la même situation.

— Où est ton papa ? nous demandait-on.

Et il fallait répondre :

— Quelque part à Cuba.

Combien d'après-midi pluvieux j'ai vu les grands-parents de ceux qui avaient une famille à peu près normale, plantés comme des piquets devant la porte de l'école, avec des imperméables et des parapluies, attendant tranquillement ! Des grands-pères et des grands-mères auxquels aujourd'hui j'élèverais volontiers un monument.

Je revois mes parents avaler net des mots et des noms interdits, et continuer à sourire pour la photo. Ils ont peut-être voulu s'immoler dans le drapeau géant de leurs mensonges, des drapeaux noir et blanc mais des drapeaux, en fin de compte.

Passé le temps de la lutte, ils sont tombés dans l'embuscade de leurs ennemis invisibles.

Mes parents n'ont pas fait la guerre car ils étaient trop jeunes, mais ils ne sont pas non plus arrivés à temps pour profiter des libertés de leur idéal. Souffrant de ne pas avoir fait la Révolution, ils l'ont soutenue. Ils ont pris en charge la société comme on porte une poutre sur son dos ; mais presque toujours heureux d'être une partie, une voix à l'intérieur du grand chœur, ils ont résisté aussi. Au centre même de cette génération prise au piège, ils se sont isolés, ils n'ont pas trouvé d'issue.

Mais bon, chers auditeurs, écoutons un peu de musique, faisons une pause dans tout ce que je souhaite vous confier aujourd'hui. Écoutons Carlos Varela, qui interprète sa chanson « Photo de famille ».

[...] *Derrière toute la nostalgie,*
le mensonge et la trahison,
derrière toute la distance,
derrière la séparation.
Derrière tous les gouvernements,
les frontières et la religion,

il y a une photo de famille,
il y a une photo de nous deux.

À propos de famille et de parents, le poids des morts célèbres a pesé davantage sur eux que les vivants anonymes. C'est ainsi qu'ils se sont résignés à l'idée que nous nous en sortirions mieux, là-bas, dans le paradis humaniste, dans l'autre vie. Combien de fois ne les avons-nous pas entendus dire dans une assemblée, chez nous, dans le séjour, ou au milieu d'une gigantesque file d'attente : « Ce ne sera pas pour moi, mais pour ma fille, quelque chose de mieux l'attend » ?

Mes chéris, j'ai une nouvelle pour vous : moi aussi j'attends mieux pour mes enfants.

Ce son remonte à l'époque où nos parents étaient très jeunes, où Silvio Rodríguez et Pablo Milanés construisaient leur œuvre au sein du groupe d'expérimentation sonore de l'ICAIC[1]. Écoutons maintenant la chanson de la JCC[2], qui dit… comme ça :

[…] *Quand à onze heures le soleil part au centre de [l'horreur,*
quand les consignes et les buts réclament leur poteau [d'exécution,
quand deux anonymes conversent avec l'action,
la parole est à vous, je me tais par pudeur.

1. Institut cubain de l'art et de l'industrie cinématographiques.

2. Jeunesses communistes de Cuba.

C'est vrai, aucune école ne porte le nom de ma mère, mais si je suis debout, c'est parce qu'elle a eu la dignité d'écrire, de parler à temps là où elle devait le faire, puis, quand on ne la prit plus au sérieux, elle sut pleurer en silence, enfermée dans le placard, fumant dans le noir entre les manteaux mangés par les mites, pour que je ne la voie pas douter, pour ne pas me mentir en me donnant une explication plus ou moins exacte sur ces réalités sans réponse. Mes parents reconstruisaient un pays à l'intérieur d'un autre, juste pour moi.

Ils m'ont appelée Nadia, en honneur de l'épouse de Lénine. En russe : Надежда, mon prénom et moi signifions « l'espoir ».

Papa et maman déliraient en me reconstruisant un monde inexistant, espérant peut-être qu'ils allaient reproduire un patron, et que, avec moi, l'expérience serait couronnée de succès. Ils maquillaient la laideur, multipliaient le manque pour le partager, estompaient l'horreur, changeaient de sujet pour ne pas tomber dans un refuge sans issue. C'était mon cauchemar récurrent : me retrouver prise au piège dans l'un de ces tunnels populaires souterrains, un lieu qui finit par vous asphyxier.

J'ai grandi dans le pays de mes parents ; quand je suis arrivée, ses limites infranchissables étaient déjà tracées. Aujourd'hui, je ne suis pas sûre que nous vivions tous sur le même Territoire libre d'Amérique pour lequel ils se sont battus, ce pays était dans leurs têtes un endroit merveilleux. Nous

nous berçons dans un idéal flottant, un non-endroit, une utopie encastrée au centre des Caraïbes.

Les mains de ma mère démêlaient des situations impardonnables, des erreurs répétées, des égarements qui ne s'éclaircissaient même pas dans sa tête ; elle s'étouffait dans un sanglot de colère, elle tombait de honte sur le champ de bataille, quand elle était surprise dans ses mensonges. Elle était tourmentée de ne pas trouver de meilleurs arguments, toussait, intoxiquée par la nicotine et la désillusion, mouillant de larmes de sel ses mains vides. Ma mère est partie en courant, quelque chose ou quelqu'un la guettait. Ce que nous appelions l'ennemi en elle était le souvenir de ses démons.

Ma mère, chers auditeurs, est une martyre. Mon père, un héros. J'en ai assez de porter cet héritage ; ceux que nous saluons devant leur piédestal ont été assaillis par le doute, en proie à la panique, eux aussi non ? Ces personnes ont hésité, reculé, désobéi, ont été infidèles ou malheureuses, se sont trompées. Elles ont divorcé, sont tombées amoureuses. Des hommes et des femmes qui faisaient l'amour debout, en gardant leurs bottes.

Mes parents ne m'ont rien répondu quand je leur ai demandé une explication ; les héros se transformaient en statues de marbre, et nous avions besoin qu'ils soient des hommes. Mais parlez, à la fin ! La preuve de leur existence, ce sont leurs veuves, leurs enfants ou leurs petits-enfants qui ont fréquenté nos écoles, nos rassemblements ou nos campements d'été où leurs visages en disaient plus long que n'importe quel discours sur le trouble et le détachement. Ensemble, nous avons cultivé l'art de la « perte nécessaire ». Mais les pertes sont-elles nécessaires ?

La résignation te pousse à voir comme tout à fait naturel le visage de ton père sur une immense palissade, sur une affiche politique, son image ondoyant sur une musique de fond. Le peuple partage-t-il ta douleur, ou est-ce toi qui la partages avec lui ? Pleurez-vous tous deux la mort d'un être cher ?

Les fils de ces martyrs qui ont grandi avec moi n'ont eux non plus aucun souvenir de leurs parents. Du héros, oui ; du père, non. Mes parents, qui se protégeaient derrière leurs hésitations comme derrière un camouflage, je ne les ai jamais vraiment connus. Dans mes séquences figuratives, j'imaginais ce qu'ils auraient pu être dans un contexte normal : foyer, dimanches, jeux partagés.

Si nous ne sommes même pas capables d'avoir la naïveté ou l'humble dignité de nos parents, si nous n'avons pas pu devenir comme eux, qui peut nous demander d'être tous, absolument tous, comme ces martyrs ?

Chaque matin, j'ai prononcé un vœu que je n'ai pas pu réaliser : « Pionniers pour le communisme : nous serons comme le Che. » Je n'ai peut-être même pas la décence de me taire comme ma mère. Je parle, je me trahis, je m'exprime et je succombe à la culpabilité de ne pas être devenue ce pour quoi j'ai été conçue ou plutôt assemblée.

Tout relevait peut-être de la métaphore et non de faute. Les ai-je connus ? Ai-je su s'ils disaient oui en voulant dire non ? Le saurai-je un jour ?

Comme dans la « guerre nécessaire » et comme dans la « défense obligatoire » auxquelles on m'a préparée jusqu'à aujourd'hui, je continue mon combat. Je me défends parce qu'ils essaient de m'arracher quelque chose, ils veulent quelque chose de moi, ça, je l'ai bien compris.

J'en ai assez d'adorer des saints. Je ne dois rien aux héros, je ne peux pas leur jurer loyauté la main sur le front un seul jour de plus, car je ne pourrai pas respecter ma promesse. Depuis l'enfance, je répète leurs noms comme un automate, petite machine à consignes qui se met au garde-à-vous comme un soldat, sans presque décoller d'un pouce du sol. Sans discuter l'indiscutable, la main là, en haut, sur le front, avec conviction. Sans rien demander car « on ne demande pas ce qu'on sait ».

J'ai lancé des fleurs dans la mer pendant que je séchais des larmes absurdes pour mon âge. Que peut penser Camilo de moi pour ce bouquet défait ? La mer est recouverte de fleurs et je lui apporte dix œillets fanés.

J'ai mis le vêtement vert olive de quelqu'un d'autre, raccommodé et propre, l'uniforme d'une autre Guerra. J'ai appris à tirer sur une cible abstraite. Quel sera mon véritable objectif ?

Devons-nous tout à ces héros ? Maman et papa, où que vous soyez, on dirait que c'était vrai : « La patrie ou la mort » impliquait aussi la possibilité de mourir. Tomber, s'effondrer, défaillir. Ce n'était pas une métaphore, non. Nous vaincrons est une promesse vaste, merveilleuse et plus grande que nous-mêmes.

L'ingénieur du son – dont je tairai le nom – ouvre les yeux et acquiesce d'un signe de la tête. Lui qui dort toujours à ces heures…

Merci d'être avec moi. Bien qu'aucun appel ne nous parvienne, nous sommes là.

Cette émission a commencé aujourd'hui comme une rafale de mitraillette. Comme le début de ces films américains qui, le samedi à minuit, nous vrillent les nerfs. Je suis la dernière pionnière éveillée et je passe cette aube avec toi. Où est ta famille ? (Silence de l'autre côté de la vitre.)

Amis auditeurs, je vous parle de la vieille cabine de radio, où on faisait asseoir ma mère quand le présentateur s'absentait. Elle avait beau détester entendre l'écho de sa voix, elle était toujours là ; elle disait que les micros lui volaient son âme.

Je la vois ; j'étais petite, mais je m'en souviens. Elle se tenait immobile, là, devant moi, à côté de l'ingénieur du son, fumait en s'appuyant contre les consoles, le conducteur à la main, prête à réaliser l'émission. Même si cela l'intimidait de classer les nouvelles, de les transformer, de manipuler la vérité, elle devait le faire. Et nous revoilà, avec la même odeur de liège et de tabac fort, sur la FM, à diffuser une information que vous puissiez digérer.

Arrêtons un instant la mitraillette à idées… Écoutons un peu de musique sur votre antenne préférée. Je sais, j'ai été trop longue, mais j'ai un micro accroché au ciel, il est suspendu au rythme dangereux de ma voix comme la corde d'un pendu ; sous mes yeux, ce vieil appareil de la RCA Victor refuse de se taire, il défie le temps et la distance abstraite de l'ennemi. Excusez-moi, mais nous avons l'habitude des longs discours, non ? Toute ma vie, je me suis couchée et levée en écoutant une allocution. Je ne peux pas oublier la voix qui me poursuit. Ma mémoire ne flanche pas.

Alors taisons-nous en écoutant cet air sorti de notre phonothèque humide… sépia, et n'oubliez pas que tout cela, vous l'avez écouté un jour comme aujourd'hui, sans date particulière, sans avoir rien à fêter, ici, sur Radio Ciudad del Sol, fréquence 48.9. Je parle sur cette bande FM, aujourd'hui et maintenant, pourvu que demain on ne m'interdise pas d'antenne pour toujours. Cette émission est diffusée si tard ou si tôt, que presque personne ne l'écoute. Ceux qui me captent si avant dans la nuit seront « presque » d'accord avec moi. Si les censeurs se sont endormis et n'ont pas déjà interrompu la transmission, restons sur l'autoroute de la nuit… ou peut-être que personne ne « veille » sur nous, comme disait une amie : « Le fait d'être des psychopathes n'implique pas qu'on soit poursuivis. » Si toutefois c'était le cas, disons aujourd'hui ce que nous ressentons, ne gardons rien en nous. Respirons cet espace de liberté indépendamment de toute culpabilité. Nous allons écouter les chansons que nous avons apprises pour les marches ou dans les improvisations musicales des écoles à la campagne, dans les parcs vides des villages et sur le perron bondé de gens qui chantaient en chœur. Mais s'il te plaît, cher auditeur, n'oublie pas que nous sommes sur Radio Ciudad del Sol. Non, tu ne t'es pas trompé, tu écoutes : « Une aube avec personne » et je suis Nadia Guerra, toujours debout pour toi.

Nous écoutons la voix de Carlos Puebla, qui nous rappelle cette chanson que nous chantions dans les campements et les cérémonies à l'école…

Ici, il reste la claire,
la chère transparence
de ta présence bien-aimée
commandant Che Guevara […].

Cher ami, parlons entre nous, et cessons pour une fois de constituer une masse afin de pouvoir nous sentir complices d'une chose très personnelle. L'insomniaque, le noctambule, le lunatique, tous ceux qui m'écoutent en sachant que demain, peut-être, je ne pourrai plus raconter ce que je sais aujourd'hui, ce que toi aussi tu penses et tais, comme nos parents un jour sur cette même antenne, dans cette ville ou dans une autre du même genre, à cette heure, ont cessé de dire.

Entre nous, tout près… À une heure aussi matinale, je ne peux pas te mentir.

Écoute, cher veilleur de nuit, jeune fille qui ne trouves pas le sommeil, poète désespéré, habitant d'une ville qui dort encore. Te souviens-tu de ce disque ?

Tu es la musique que je dois chanter, la chanson de Tony Pinelli interprétée par Pablo Milanés.

> […] *Ce que j'éprouve aujourd'hui, je voudrais le dire*
> *un jour de juillet au milieu de la place*
> *entendre ton nom dans les haut-parleurs*
> *le sentir rebondir d'une maison à l'autre.*
> *[…]*

Si on nous le permet, comme dit cette vieille chanson mexicaine, notre programme va se poursuivre. Pour l'instant, juste si on nous le permet, nous allons nous poser certaines questions, de celles que nous taisons pour ne pas nous attirer de problèmes. C'est l'heure des interrogations.

À cette minute, chers auditeurs, à ce même « instant du printemps », presque personne ne va nous écouter, nous sommes un club de quatre ou cinq bohèmes, kamikazes, unis dans une idée commune : partager les vérités personnelles, la nécessité individuelle de dire au singulier ce qu'on pense au pluriel.

S'il vous plaît, appelez, posez des questions, épanchez-vous. Si je suis encore sur les ondes, je répondrai. Je le promets. Personne d'autre qu'un noctambule invétéré de notre *troupe* secrète ne va passer « Une aube avec personne ».

C'était et c'est toujours Donato Poveda. « Comme une cloche de verre ».

La nuit est arrivée avec son silence cruel,
elle tue le jour
qui renaîtra [...].

Cette nuit, nous n'avons reçu aucun appel. Ce matin, il n'y a pas de cyclones, ni de vents forts qui font tomber les fils électriques. Il ne pleut pas. Il n'y a pas de fêtes dans la ville, mais le téléphone est muet. Peut-être que personne ne nous écoute. Continuons. Nous allons appeler une vieille amie, elle nous dira peut-être si nous sommes diffusés ou non.

S'il te plaît, l'ingénieur, mets-moi en communication avec Maya. On va la faire passer sur les ondes pour voir si aujourd'hui elle nous écoute.

— Allô.

— Grand-mère, excusez-moi pour l'heure. Maya est là ? On voudrait lui parler.

— Mais qui est à l'appareil ?

— C'est Nadia, grand-mère. On passe notre émission et on voudrait savoir si vous nous écoutez.

— Ah ! Nadia, je dormais, ma petite, je n'ai pas reconnu ta voix, je t'entends mal. Maya est partie pour Madrid, elle ne l'a dit à personne, figure-toi, tu sais comme elle est discrète.

— Excusez-moi, grand-mère, je ne savais pas. Vous écoutez mon émission, aujourd'hui ? On est à l'antenne.

— Quelle émission ? Maya appelle le samedi. Viens me voir, ne me laisse pas seule.

— Un baiser de notre cabine, grand-mère. Bien sûr, que je vais venir. À bientôt.

— Cabine d'ici ou de là-bas, où es-tu, ma petite ?

— Faites de beaux rêves, grand-mère.

Maya, encore une qui est partie sans dire au revoir. Continuons. Si quelqu'un nous écoute, s'il vous plaît, appelez-nous.

En 1979, quand j'avais neuf ans, Silvio Rodríguez a écrit cette chanson d'amour que je n'ai pas oubliée, écoutons-la.

[…] *Aujourd'hui, mon devoir était*
de chanter la patrie
hisser le drapeau
participer aux rassemblements…

Et je crois que peut-être
j'y suis enfin arrivé
en rêvant à ton étreinte
en volant à tes côtés.

Je voudrais vous dire comment je suis arrivée ici. Il y a six mois que nous diffusons cette émission et je ne vous ai jamais avoué pourquoi quelqu'un comme moi, qui viens du monde de l'art visuel, qui fais des expositions et des *performances*, avec la peur du ridicule, des faiblesses et de la décadence de la nuit, la terreur des phrases toutes faites, des vieilles méthodes de communication... pourquoi est-ce que, moi – quelqu'un qui n'a pas d'habitudes ni de traditions, de rituels de dépendance –, je viens ici chaque jour pour être avec vous ?

Ma mère a été une tête et une voix. Il y a vingt ans, elle animait une émission sur cette radio : « Paroles contre l'oubli ». Elle a enregistré des *sones* magnifiques, des voix perdues, déjà mortes dans notre mémoire, vivantes dans la culture de ce pays. Ma mère a fait tout ce qu'elle a pu pour conserver un phénomène aussi important que l'ancienne musique cubaine, ce qui est aujourd'hui Buena Vista Social Club. Elle a disparu. Elle m'écoute peut-être d'un vieux phare sur une plage perdue. *Mami* : tu m'écoutes ?

Il vaut mieux repasser l'un de ces vieux enregistrements qui font *scratch* qu'elle n'a pas oublié de nous laisser, le voilà, elle les a protégés avant de partir pour toujours.

Ne vous endormez pas, et, si vous le faites, rêvez de nous. Celui-là, il sonne de mieux en mieux... c'est le grand Barbarito Diez qui nous parle d'« Absence » à cette heure tardive de la nuit où l'on dirait que personne ne nous écoute.

Absence signifie oubli,
signifie ténèbres, signifie jamais,
les oiseaux peuvent revenir au nid,
mais les âmes qui se sont aimées
quand elles s'éloignent ne reviennent pas.

C'est la raison pour laquelle aujourd'hui je prends son tour de garde dans mon aube avec toi, cher auditeur, aussi ridicules ou merveilleuses nous semblent-elles, elles sont à la fois notre secret et ma petite œuvre. Revenir ici, c'est comme revenir à ma mère.

Ce discours est comme une matriochka à l'intérieur d'une autre, c'est aussi l'éclat de rire de ceux qui m'ont endormie avec leurs prières et, comme dirait une amie, avec leur « pamphlet communiste ». Parce que j'ai beau la refuser, mon éducation me poursuit comme un stigmate, une attitude devant la vie, la justice ou le destin. Vérités, mensonges. À chaque geste, on reconnaît comment j'ai été conçue, structurée par eux. Abstrait, mais réel. Comment cela a été possible, en cours de route. Je suis comme ça, nombre d'entre nous sommes encore comme ça, nous sommes contaminés. Le nier nous rend cyniques, menteurs, rusés, étrangers. Ou alors nous avons tué ma mère et c'est pour cela que je suis ici, jouant ses cartes contre l'oubli ?

J'ai l'impression que aujourd'hui, personne ne nous écoute ; ce téléphone n'a pas sonné de la nuit. L'ingénieur du son et moi sommes restés seuls, séparés par une vitre verdâtre (années cinquante), tranchante et froide comme cette cabine. Attendant une réponse de l'autre côté de la ville hermétique, rapiécée, marquée par son passé. Demain, après-demain ou lundi, je serai avec toi. Tu m'écouteras allongé ou déambulant dans la maison, dans l'usine vide sur le point d'ouvrir, dans le vieux cinéma abandonné que tu surveilles pendant qu'il s'effondre tout seul ou peut-être m'écoutes-tu dans un taxi que personne ne peut occuper car, à ce stade, ils sont tous rentrés ou sur le point de sortir… Ça ne fait rien, demain on continue l'« Aube avec personne ». Tu peux aller dormir avec moi. À demain, je vous laisse avec ce merveilleux *guaguancó*[1] dans la bouche de Celeste Mendoza.

Nous avons perdu José Martí
qui était notre garantie
nous avons perdu Calixto García[2]
qui était notre général
puis Maceo l'immortel
mourut des mains d'un traître
et bien que je perde ton amour
cela n'a aucune importance.

---

1. L'une des formes de la rumba cubaine.

2. Général cubain (1839-1898) qui combattit pendant la guerre d'indépendance.

Notes dans mon journal

Bien sûr, ils ont suspendu mon émission, mais nous n'en attendions pas moins.

Cela fait partie du jeu. Seul ce qui est fini m'intéresse. Je suis une provocatrice professionnelle.

Ils ont entendu des rumeurs, à cette heure tout le monde dort. Il paraît que la punition va durer un mois. Le mystère continue, « la victoire est certaine ». J'ai demandé deux bourses. Si l'on m'en accorde une, je ne pourrai plus aller tous les jours à la station. Je compte monter un studio à la maison, une chose artisanale qui me permette d'enregistrer même les bruits.

L'exposition au Reina Sofía, même partagée avec une kyrielle d'artistes, a eu beaucoup de succès. Je continue à faire partie d'un tout, je ne suis jamais l'unique protagoniste. Mon individualité me fait à nouveau mal, distille et coule comme un fleuve charriant des peurs qui veut rejoindre son lit. Les journalistes parlent de la bibliothèque blanche que j'ai construite, un lieu immaculé où livres, papiers, documents, tranches et rabats sont vierges. Le mobilier prêt à lire, prêt à informer ; en revanche, rien à l'intérieur.

Saúl parle de cet exercice de silence littéraire : « Rien n'est véritablement écrit, ou s'agit-il au contraire d'une mise en scène de l'écriture du Néant ? L'existence de typologies – une bibliothèque – garantit-elle en soi l'accès à des contenus, ou, au contraire, toute structure prédéterminée censure-t-elle la possibilité de générer une expérience libre et subjective ? »

Ils viennent, m'interviewent, repartent avec quelque chose entre les mains ou dans les magnétophones. Ils essaient de me manipuler, je ne sais plus qui manipule qui. Un jour j'ai eu le contrôle, maintenant le gouvernail a quitté le bateau.

Le froid s'est installé à La Havane. La mer ternit de sel les vitres de ma maison, l'humidité vous transperce jusqu'aux os. J'inspire, j'expire, je regarde par la fenêtre. Des inhalations de mes idées dans ma tête grippée, contaminée d'ego inutiles. Je vois de moins en moins clairement le monde réel. Tout est fumé, délavé, on dirait une image sortie d'un tableau de Gustavo Acosta.

Mes œuvres sont exposées à l'étranger. Je fais partie de tout ça mais je ne bouge pas, elles voyagent pour moi. Adieu, drapeaux noir et blanc ! Adieu, bibliothèque blanche !

Le programme de radio est aussi mon œuvre, il représente ce que j'ai fait de mieux ces derniers mois. J'ai voulu m'exposer au quotidien même de tous les programmes de nuit, ceux qui, partout dans le monde, pendant que nous somnolons, nous assaillent avec la voix sucrée d'une présentatrice au ton neuro-vaginal.

Quand je n'ai pu résister plus longtemps, quand son esthétique démodée m'a asphyxiée, je l'ai dynamitée avec des vérités dans un lieu où les vérités peuvent être des bombes. Je les ai déchargées à l'aube, comme si j'étais libre de dire ce que je voulais à brûle-pourpoint, j'ai agi ainsi en connaissance de cause. Comme quelqu'un qui recouvre une toile sur l'ordre d'un autre, ou tombe à coups de hache sur sa sculpture préférée. C'est ainsi que j'ai fait du petit bois de mon arbre à terre. Nous savons tous jusqu'où nous pouvons jouer dans les limites de la bande FM. La radio me poursuit, entre les voitures, les fenêtres, les parkings, à l'intérieur des autobus en marche. Il existe une nouvelle, une chanson, un son soutenu dans ma tête. Endormie ou éveillée, j'entends les voix de la radio. Nous ne sommes pas sots, chers auditeurs, nous savons jusqu'où nous pouvons dire « Waououh ».

Pour l'instant, je vais arrêter d'émettre pour « les autres » et commencer à diffuser des émissions pour moi seule, que je pourrai ensuite offrir aux amis. Des émissions maison, alternatives, j'enregistrerai mes programmes radio avec des chansons et des commentaires aussi personnels que le contenu de mes journaux, je ferai un programme avec de la musique et des idées personnelles. Personne ne peut interdire mon autonomie. Je ne veux pas diffuser, je veux m'exprimer. Ce sera désormais ainsi.

Je ne veux pas renoncer à la radio qui fait partie de moi. Mais la radio, elle, peut renoncer à moi, du moins dans les graves circonstances auxquelles je me suis exposée.

Je suis née entre la radio et le cinéma. C'est ce que je suis : image et son, rebelle, tropicale, socialiste, surréaliste, hyperréaliste. Effets illusoires, dadaïsme qui transporte et compose la limite de mon corps et le contenu sonore de cette mauvaise tête.

NOTE

J'ai vu deux œuvres qui m'ont marquée à la Documenta de Kassel. Dans la même édition où Tania Bruguera créait l'illusion qu'on entre dans un tunnel sombre jusqu'à ce qu'une lumière nous éblouisse, on n'entendait que le son de mitrailleuses râtelées et de bottes en marche. C'est aussi là-bas que j'ai découvert l'œuvre d'une artiste juive qui reconstruit et compile des données sur sa mère quand elle était dans un camp de concentration. Elle n'avait jamais su qu'elle était issue d'une famille persécutée. Jusqu'au jour où l'artiste a découvert une plaque numérotée dans les affaires de sa mère et a décidé d'effectuer des recherches pour faire la lumière sur la vie de ses parents.

En fait, j'ignore si ma mère est vivante, nous avons appris qu'elle souffrait de la maladie d'Alzheimer, quelqu'un l'a vue l'esprit égaré et il s'est écoulé tellement de temps depuis que nous l'avons crue morte. C'est mieux comme ça, après une si longue absence. Je déteste ménager les sentiments de telle façon qu'en tuant quelqu'un on puisse le sauver de sa propre existence, de ses grandes misères ou de ses erreurs. Je la retrouverai peut-être. Pour mon père, il vaut mieux laisser tomber, la considérer comme perdue. Il n'a plus d'excuses, plus rien de bon ou de mauvais à me dire sur elle. Mon père, d'une certaine façon, est lui aussi en train de mourir. Il n'a pas de secrets.

Quelqu'un sait-il où il peut être ? Quelqu'un sait-il pourquoi on lui rend tellement d'hommages ? À ce stade, pourquoi récapitule-t-on sur un sujet cacheté et passé sous silence ? Pourquoi met-on maintenant le doigt sur la ligne qui, avant, disait : « Caca, pas touche ! »

Beaucoup de mystères. Cela peut constituer ma prochaine intervention personnelle. Recherche et sauvetage de ma mère. Acte final de mon père.

J'ai reçu une nouvelle lettre d'un auditeur qui m'écrit souvent à la radio.

Il s'appelle Eduardo et a écouté chaque nuit l'émission pour laquelle j'ai été provisoirement suspendue. J'inclus cette lettre dans mon journal parce que, même si elle me fait du mal, elle dit la vérité.

Chère camarade Guerra,

Je déplore l'arrêt de ton émission, le vide qu'elle a laissé en nous, les « auditeurs lunatiques », comme tu nous appelais toujours. Crois-moi, tu nous as manqué, tous ces jours. Pour ma famille et pour moi, c'est comme si un parent très cher nous avait abandonné.

Je dois dire que nous te regrettons chaque soir, toi qui compensais nos nombreux manques : problèmes de transports, d'argent et absence de distractions, etc., même si je crois que, dans la vie, rien n'est éternel.

Mon point de vue et celui de ma femme sur la suspension de ton émission est que, en fait, tu as été un peu irresponsable de t'exposer ainsi. Tu n'avais pas l'impression de jouer avec le feu ? Dans quelle mesure ton discours de jeune fille rebelle travaillant dans un lieu comme celui-ci était-il ou non naïf ? L'irresponsabilité est liée à cet abandon dont tu accusais tes parents. Tu nous as involontairement laissés seuls nous aussi. Alors, s'il te plaît, respecte notre droit de parents à abandonner le bateau à temps. Ici, nous sommes tous coupables d'abandon. J'espère que nous serons d'accord là-dessus. Ne le prends pas mal, et considère cela comme une bonne leçon de vie.

Mes meilleures salutations,

Eduardo et sa famille

Dans la lettre d'Eduardo et de sa famille, on sent de la transparence. Ce n'est pas la première fois qu'il me prévient sur le ton paternel de celui qui anticipe et informe. Je ne sais pas qui c'est, pourtant, chaque fois que je suis en danger, il anticipe. Le paternalisme des Cubains est illimité. Ils prennent leur rôle au sérieux, vous écrivent sans vous connaître. Peut-être mon ami auditeur est-il un de ceux-là. Je l'ignore. C'est l'un des mystères qui nous suivent partout.

Je me demande qui sont ces gens qui prennent le temps d'appeler une station de radio, d'écrire aux animateurs et de se soucier de celui qui se trouve de l'autre côté. L'« ami auditeur » éveille une grande curiosité en moi.

Je me rappelle une nuit, quand j'étais petite, où, à la réception de la station où elle travaillait, un monsieur avait attendu ma mère, un poste Vef à la main ; c'était une radio russe, lourde et noire. Il voulait que ma mère, précisément elle, en fasse sortir l'émission. Il ne voulait plus écouter cette station dans son appareil.

Nous étions consternés. Quelqu'un le traita d'anormal. Pour moi, c'était un homme courageux, un fou qui osait dire ce que les autres taisaient.

— Sors-moi cette émission de la radio, camarade, je ne la supporte pas, je ne la supporte plus… !

Au moins cherchait-il une solution irréversible et ne se contentait-il pas de tourner le bouton de droite à gauche.

Je continue à préparer mon émission maison. Je dois partir pour la station afin d'assister à une réunion urgente et, je pense, définitive.

Réunion à la radio

Au moment où je sors de l'ascenseur, je jette un coup d'œil vers le bureau de la Direction, mon ingénieur du son s'approche de moi avec la tête d'un chiot qui vient de se faire disputer. Il m'embrasse, l'œil humide, et me dit au revoir. Est-ce un adieu ? C'est possible, je n'en doute pas. Je suis une irresponsable. La culpabilité monte.

J'attends dehors, j'ai l'impression d'être revenue à l'école.

Je ne sais pas ce qu'ils peuvent bien attendre. Edelsa s'est assise devant son bureau noir, style « remords espagnol ». Elle me regarde avec une tête de directrice d'école, mais, au lieu de me réprimander, elle commence à dessiner une barbe, une moustache et des lunettes à un homme qui figure sur la photo sépia d'un vieux journal. Regarder son stylo bleu mastiqué sur les bords me dégoûte. Elle ne veut pas parler ? Elle ne parlera pas de la matinée ? Alors pourquoi m'a-t-elle donné rendez-vous ?

Arrive finalement le « camarade » qu'elle attendait. Edelsa s'active comme un robot domestique. Elle jette le journal dans la corbeille et, à ce moment, je me rends compte que le visage colorié à l'encre est celui du capitaine San Luis[1]. Aïe, aïe, aïe. Quelle folie !

Le « camarade », quant à lui, est content, en sueur et impatient de parler.

Il me décoiffe et murmure :

— Voyons, ma petite, que nous arrive-t-il ?

Ah, ici, tout est au pluriel, on va l'appeler le pluriel de modestie.

— Rien, à nous, rien, dis-je fermement comme un soldat, craignant la suite, mais ferme.

Edelsa ouvre de grands yeux ; c'est étrange, elle regarde vers l'arrière, vers l'avant, et lance en l'air de petits sourires ironiques. Ils s'assoient face à face et Edelsa se lance dans un discours qui semble avoir été préparé.

— Le mot qui convient est « suicide ». Je t'ai dit que c'était peut-être biologique : sa mère a fini par avoir des problèmes mentaux. Nous l'avons beaucoup aidée depuis l'école ; elles se ressemblent beaucoup, et je n'ose pas en rejeter la responsabilité sur la jeune fille. Avec les autres conseillères, nous avons pensé qu'un séjour à la clinique militaire pourrait lui être bénéfique, lui ouvrir les yeux.

---

1. Surnom donné à Eliseo Reyes Rodríguez (1940-1967), compagnon de route de Che Guevara, mort au combat en Bolivie.

Tout cela est dit devant moi sans souci de discrétion. Comme si je n'existais pas. Je crois que son intention est de me faire peur, je ne vois pas d'autre explication. Je ne veux rien apprendre concernant ma mère sur ce ton désinvolte. Mon Dieu !

Le « camarade » me regarde fixement, vide les mégots du cendrier qui déborde dans une corbeille pleine et sort chercher quelque chose. Edelsa et moi restons prises au piège et muettes.

J'essaie de lui dire quelque chose à propos de ma mère, pour sa défense, mais le seul son qu'elle émet désigne les rideaux ou le plafond, je ne sais pas trop.

— Shhhhhhhhhhhhhhhhhhhhh.

Elle ouvre les yeux et nous plongeons dans un profond silence.

Je me tais pendant six ou huit minutes. Pour moi, une éternité. Je fais ma *promenade* visuelle : le bureau aux rideaux couleur « moutarde crasseuse », bustes en plâtre avec le visage de martyrs que je ne connais pas, plusieurs trophées en marbre et des blasons en fer-blanc un peu rongés par le temps. Imitations de micros de la RCA et, surtout, des livres dans un russe parfait, sur la politique radiale je suppose, pensées sur l'art et le socialisme, dictionnaires espagnol-russe et vice versa. Maintenant je me rappelle que cette femme a obtenu une maîtrise de communication en Union soviétique. Mon père racontait que c'était Edelsa qui avait eu l'idée des cours de russe à la radio. Enfin, mon regard continue à errer sur le samovar en bois, les matriochkas couvertes de poussière et les photos. La mulâtresse cubaine, entre ponts et monuments enneigés ; la femme avec une *chapka*, souriant sur des instantanés répartis sur le territoire du bureau. Lieu arrêté dans le temps, froid comme la steppe sibérienne, l'air conditionné poussé au maximum et les cartes postales russes placées par ordre de taille sur la boîte de l'appareil glacé, bruyant, et aussi soviétique, maltraité, mais en marche. Je doute que les fonctionnaires russes conservent un lieu semblable dans leur pays. Intact. Fidèle à ce qui n'existe plus pour eux, une seconde chance.

Enfin notre homme revient. Edelsa le presse :

— Lázaro, on doit aller au parti pour… « le reste ». Réglons ça une bonne fois pour toutes.

Elle refuse de boire le café froid qu'il a apporté dans des gobelets en carton. Je n'en veux pas non plus, aussi me dit-il :

— Tu as deux options, ou tu vas faire le test et tu reviens dans les délais fixés par le psychiatre, plus tranquille, mesurée, en pleine possession de tes facultés, ou on te licencie suite à expertise médicale.

Edelsa le regarde, un peu perdue.

— Mais Lazarito, si elle ne va pas voir le médecin, comment peut-elle être renvoyée suite à expertise ? Je ne comprends pas.

Je me lève, tends la main à Lázaro, le « camarade à notre service » a enfin un nom. Je demande des feuilles vierges, en fait des feuilles de papier recyclé avec de vieux programmes de radio imprimés au verso. Non sans embarras, Edelsa me les tend. Je lui retire son stylo bleu de la bouche, mastiqué et baveux. Pendant qu'ils observent un silence épais, voire lucide, je laisse ma marque caractéristique. J'écris debout, clairement et en script : « Je pars volontairement parce que je ne me sens pas capable de faire ce travail de la façon dont on me demande de l'effectuer. » Et je signe : « Nadia Guerra. »

Edelsa et Lázaro le lisent, et c'est précisément ce qu'ils voulaient éviter.

Il y a un modèle de démission, tiré au stencil, couleur bleu de méthylène : « Fait en connaissance de cause. » Lázaro regarde Edelsa qui réagit en froissant précipitamment ma feuille, la malaxe entre ses doigts.

— Il existe une procédure que tu dois respecter, ma petite.

Elle me colle sous le nez un formulaire gris.

— C'est la lettre officielle de démission puisque tu refuses d'aller à la clinique, ce que nous regrettons, bien sûr, nous ne voulons pas te perdre ; les jeunes, il faut les former, pas les abandonner.

Elle me met dans la main le papier dont elle parle : il est flou, délavé, illisible. Je ne peux pas. Je ne veux même pas penser à ce qu'ils me proposent de signer.

Lázaro demande à Edelsa si j'ai été prévenue par la cellule du parti de la station, la section créative, ou peut-être par les travailleurs du syndicat eux-mêmes.

— Il ne s'agit pas de paternalisme, mais les jeunes, il faut les aider, ils ne naissent pas omniscients, Edelsa. Je ne crois pas que l'hérédité soit irréversible, elle peut s'éduquer. C'est là une faiblesse de la direction du parti.

Lázaro me regarde dans les yeux sans ciller. Je lui rends son regard et apprécie cette attention. Voilà où nous en sommes. Très peu de gens regardent leurs interlocuteurs en face.

Ils parlent de mon hérédité comme s'ils faisaient allusion au casicr où jc conscrvc lcs bandes magnétiques. Qu'est-ce que c'est que ça ?

— Camarade Guerra : un collègue, un camarade, voire un auditeur, s'est approché de vous pour vous parler de l'aspect pratique de ce travail ?

— Non, dis-je, jouant les victimes.

— Tu en es sûre, camarade ? Personne, personne ne t'a conseillée de l'intérieur, ou de l'extérieur, sur ce genre d'excès dans notre milieu ?

— Personne, dis-je toute honteuse, ça me rappelait l'école primaire. Je déteste me faire disputer.

— C'est une suicidaire, comme sa mère, dit Edelsa entre ses dents.

— Eh bien, plus qu'un suicide, on dirait un massacre collectif, car il fait du tort à tout le monde, et on n'émet pas de chez soi. Nadia, nous sommes l'État et nous sommes responsables de ce que l'on dit au peuple. Le peuple, il faut lui donner des choses très réfléchies. Franchement, ma chérie, te mettre à parler sans retenue, dans le vent, comme si la station t'appartenait, aurait pu nous causer beaucoup de tort si l'émission avait été écoutée. À toi beaucoup plus qu'à nous ; on ne t'aurait pas laissée voyager, parler dans un micro pendant vingt ans. Grâce à notre vigilance permanente, nous n'avons pas diffusé ces pensées désordonnées, hystériques. Ce n'est pas un acte digne d'une fille de la Révolution, qui lui doit tout et qui est ce qu'elle est grâce à elle. Très courageux de ta part et très déraisonnable pour la direction de notre centre. À qui crois-tu que ces actes d'immaturité plaisent ? À l'ennemi. Tes amis vont t'applaudir, mais tu ne passeras pas à la postérité avec ces gamineries. Nous ne méritons pas ça, Nadia. Nous avons été très tolérants avec toi et avec ta famille.

Je ne sais pas pourquoi, mais je les ai embrassés, je les ai embrassés très vite tous les deux, pour en finir, je suis partie en courant comme une fillette mal élevée, en laissant la porte ouverte, en abandonnant là, dans les pires mains qui soient, la petite ligne incohérente de ma signature. C'est un document que je regretterai, mais je considère qu'il fait partie de mon musée personnel. C'est tout pour aujourd'hui, mes chers amis. À la prochaine.

NOTE

Je ne vais pas renoncer à mon programme de radio. Je ne peux pas vivre sans passer sur les ondes. Je le ferai maintenant pour moi et pour ceux qui voudront bien m'écouter.

J'écris dans mon journal

Deux jours plus tard, je reprends la structure de ce que fut « Une heure avec personne ». C'est ma nouvelle œuvre, une nouvelle émission où je livre ma vie privée aux amis. De bouche à oreille... Vie réelle et musique piratée en CD. Voici mon prochain travail en mouvement. « Une heure avec personne » deviendra « L'heure de NADIA »[1], le programme le plus transparent qui ait jamais existé. Un programme réalisé par ordinateur, de chez moi, et distribué aux amis. Je travaille à cette idée. Les programmes existent tant que nous leur donnons vie, quand ils ne seront plus en nous... ils disparaîtront. « Ce que l'on cesse de nommer cesse d'exister. »

1. Jeu de mots entre « nadie », « personne », et Nadia, le prénom de la narratrice.

Merci, Moscou

2 DÉCEMBRE 2005

Mèches noires sur le sol blanc. De fins cheveux japonais tombent comme des brins d'herbe sur mes pieds nus. Des effilochures sombres et une goutte de sang bleu, rouge, ultraviolet, s'étend sur le sol quadrillé de la pièce. Soudain un cri dans l'air et la sonnerie, brisant notre faible intimité. Nous débranchons le téléphone et le monde extérieur disparaît :

— Ne bouge pas, ma petite, je me suis entaillé le doigt !

Mon père me coupe les cheveux très court depuis l'enfance. Me les laisser pousser, jamais, il n'avait pas la patience de me faire des nattes et encore moins de faire la chasse aux poux que j'attrapais à l'école. Le son des ciseaux dans mon oreille, la respiration entrecoupée par la cigarette et les mots épars, tout cela ressemble à ma vie. Papa est mon coiffeur, mon conseiller, mon infirmier, mon cuisinier. Mon père, c'est moi.

Quelques heures avant l'inauguration du festival

de cinéma latino-américain, un moment avant l'hommage qu'il va recevoir, enfin – cette veillée funèbre de son vivant, pour tenter d'effacer la douleur qu'on lui a infligée. Nous parlons entre les ciseaux et l'eau de Cologne, le talc, les rasoirs, le vernis à ongles, le maquillage, les scénarios raturés et la cendre de cigarette sur la table de la salle à manger.

Papa est célèbre, respecté par l'élite, adoré par ses élèves et attaqué depuis les années soixante en raison de tout ce qu'il a osé dire. Cher journal, tu le sais, tu ne me laisserais pas mentir.

Et moi, qui suis-je ? « Je suis la fille de mon père. » Il est le caillou dans ma chaussure. Mon souffleur, mon disque rayé, mon cauchemar. Ailleurs dans ce monde, mon père est de garde, il apparaît sur les palissades, les revues et les affiches de ses rétrospectives ; dans la bouche des amis qui citent ses scénarios. Il y a eu des disques à la mode avec les musiques de ses films. Mon père est un grand réalisateur de cinéma, un homme orchestre. Le mythe qui ternit les miroirs parce que, là où il passe, lui seul peut se voir. Mon père était là dans les années soixante, soixante-dix, quatre-vingt, quatre-vingt-dix, et il sera là dans les années deux mille, car ils ne peuvent pas le faire taire. Il est contestataire, talentueux. Aucun autre homme ne me conviendra. Alors je vais voir le psychiatre, nous commençons par le complexe d'Œdipe. Ce n'est pas mon avis, mais ils font la relation. Ils m'épuisent à chercher là où il n'y a rien, là où il y a, ils ne cherchent pas car ils ont peur de ce qu'ils pourraient trouver.

J'ai obtenu les deux bourses que j'avais demandées, l'une pour la France, l'autre pour les États-Unis. Je suis une chasseuse de bourses et je tire de tous les côtés ; on m'avait toujours dit : « NON. » Maintenant ils me disent en chœur : « Oui ! » Personne n'estime que je mérite une telle faveur.

Avec patience, *papi* me coupe les cheveux depuis trente ans.

— Papa, j'ai demandé deux bourses et on me les a accordées, on va penser que c'est à cause de toi.

— C'est à cause de moi, tu as mon esprit, mon nom, et maintenant tu as ta propre personne.

J'arrive désespérée à l'inauguration. Je suis autoréférente délirante. Les gens regardent toujours les détails les plus insignifiants, en faisant des commentaires : « C'est une fille à papa. Elle ramasse les miettes de son père. » doivent-ils dire.

J'ai pris une décision. Cette bourse, je ne l'utiliserai pas pour faire ce que j'ai annoncé. Au diable l'atelier Calder, au diable la fondation Guggenheim, au diable la recherche, au diable tout. Je suis Nadia. Je vais chercher maman. Je ne suis personne, rien, et j'ai besoin de savoir qui est mon autre part.

Premier janvier 2006. 7 h 30

La Havane un premier janvier ressemble au désert du Sahara avec la mer. Poussière, pierres et silence. Puis le bleu de fond qui se déroule l'air de rien et nous sauve la vie.

Je ne connais pas bien l'aube ailleurs ; à cette heure, un jour comme aujourd'hui, je nage dans la mer des Caraïbes. Je veux que la mer emporte ce que j'ai de mauvais dans la tête et dans le corps. « La mer ne tient dans aucune tête. » Les premier janvier, ici, on commémore tout et on ne fête rien. Premier janvier à cette même heure : triomphe de la Révolution, éphémérides et drapeaux accrochés aux balcons à côté des sous-vêtements. La rue ressemble à une patinoire dépourvue de glace, elle est vide ; il n'y a pas de voitures qui freinent sur l'avenue. Tout dort.

J'ai tous les plans de ce que je vais brûler dans les jardins de Calder en France. Mes sculptures sont des héros de glace et de feu. Elles fondent où sont incinérées, mais ce sont mes héros.

On me dit qu'au château de Saché la cour est enneigée.

Je ferai deux sculptures par jour : une de feu et une de glace.

Celle de feu : une grande structure à l'échelle humaine, composée de feuilles et de vêtements, sera brûlée. Incendiée chaque soir sur le blanc, elle sera fabuleuse. C'est le héros avec le visage de mon père.

Celle de glace : une structure similaire, sculptée dans la neige, soutenue par des tiges en métal tordu jusqu'à obtenir un corps d'héroïne avec le visage de ma mère.

De la glace à l'eau, du feu au froid glacé. L'une se consume, l'autre fond.

Je suis pyromane, fascinée par les incendies, cela doit venir du fait que j'ai grandi entre les coupures d'électricité.

Je vais immortaliser mon père et chercher ma mère, c'est un geste personnel et éphémère. C'est mon rituel nocturne dans la neige de Calder. « Qui sont les héros pour l'autel de glace ou de feu. » Sur la glace insipide de mon corps fond cette eau qui vient de moi.

Deuxième idée : la figure de feu sera la guérillera. Comme une de ces statues de cire, je pense à celles du musée de la Révolution.

Matériaux : feuilles, étoupe, bottes militaires, casquettes, uniformes vert olive. Le visage d'une guerrière connue, en s'approchant on voit clairement le visage de ma mère, une sympathique inconnue qui brûle et s'éteint.

Celle de glace est mon père, mais à grande échelle, barbue et monumentale, c'est mon propre héros, je crois que je me le suis dit des milliers de fois. Tiges, fil de fer, uniformes vert olive, bottes militaires.

Maquillage et perruques pour tous les deux.

Papa dort sur le canapé. Demain je vais à Paris et la maison me manquera, Cuba me manquera, moi-même je me manquerai. Je vais nager. Cher journal : bonne année.

FAIRE MA VALISE ET EMPORTER L'ÎLE

J'ai mis ta libellule cassée au fond de ma valise vide. Puis des couvertures et des collants pour ce froid absurde au printemps.

Je sais qu'ils lisent mes journaux, mais je les emporte avec moi. Ils me prendront mes outils, plongeront la main dans mes sous-vêtements.

Ah ! Demander la permission pour mettre mon corps nu dans les dessins, ils sont là, dissimulés dans la valise de ma vie. Dans la vitre de mes larmes. Des paravents de doutes, à contre-jour dans le désir de ce voyage éternel.

Les disques de ma génération, criant la peur, dissimulant. Surpoids d'idées secrètes, possessions que je ne veux pas déclarer. Cela me terrifie.

Livres des morts pour survivre.

Livres des vivants qui me manquent quand je lis leurs mains sur le papier mouillé.

Originaux, ancres, algues qui me font émerger d'un sentiment étouffé.

Au fond de toutes les choses des mangues pas trop mûres de Pinar del Río, de contrebande ; odorantes, traîtresses.

Sable de Santa María, rhums de Santiago et une vierge protectrice pour toucher le fond sans douleur.

Elle part en battant des ailes, cette libellule brisée, cette Cubaine décoiffée qui tente de faire tenir son île dans sa valise.

Vêtements d'hiver, maillots de bain pour prendre le soleil.

Voyage interminable dans la valise sans fond.

2 janvier 2006. (Carnet rouge)

Aéroport de La Havane, des armes comme des perles éparses sur le sol sautent sur le « marbre des adieux ». Je glisse et tombe irrémédiablement par terre.

Avions, personnes prononçant leurs « à bientôt ». Mon père debout comme un soldat, mon père disant au revoir, je ne sais pas jusqu'à quand. Je me rappelle aujourd'hui sa folle histoire sur mon penchant dramatique pour les pleurs. Ce matin où je pleurais sans cesse : je l'avais désespéré. Ma mère était partie, j'avais cinq mois et *papi* et moi nous retrouvions seuls. Il avait essayé de me donner un biberon de lait. De me soigner avec des gouttes pour les coliques. De me bercer à toute vitesse dans le fauteuil à bascule du séjour. Il me couchait dans le berceau et m'en sortait, sans résultat. Jusqu'à ce que enfin, l'air effrayé, il me pose sur son sein ; l'homme qu'est mon père (avec trente ans de moins) avait remarqué que je m'endormais dans cette position.

Ma mère revint plus tard, mais cette fois pour nous quitter définitivement. J'avais dix ans. En

1980, elle s'échappa de Cuba. Nous n'avons jamais su pourquoi, du moins on ne me l'a pas dit. J'étais sevrée (d'elle), désormais habituée aux bras de mon père, je ne l'ai pratiquement pas regrettée ; nous avons continué notre vie ensemble.

— Au revoir, au revoir, à bientôt.

Je pleure en silence pendant que la douane examine mes livres, mes papiers, posant des questions qui n'appellent pas de réponse. La routine se charge de les ordonner. Je pense à mon père et je me rappelle cette œuvre : « Un arrêt dans le voyage vers l'Égypte ». L'officier me demande beaucoup de choses, je lui offre deux perles de mes yeux *made in Cuba*.

Lassé de dire au revoir, mon père rentre à la maison. Je reste dans ces limbes situées entre Cuba et le monde. « Eaux territoriales », Île, Père, Adieu.

3 février 2006. Paris. Très tôt.

Un mois pour le connaître, cinq minutes pour le déshabiller. Une heure pour le réveiller.

Je pense à Marguerite Yourcenar : « Cela ne m'a jamais plu de voir dormir les êtres que j'aimais, ils se reposaient de moi, je le sais, mais ils m'échappaient aussi. »

Quand je l'ai vu arriver avec sa valise, je me suis enfermée dans les toilettes pour ne pas lui dire bonjour. Je ne voulais pas lui parler. On me l'a présenté et je me suis échappée. Même si sous le prétexte de ces bourses je cherche ma mère, j'ai mis la main dans la poche de mon manteau et en ai sorti la photo de mon père.

Saúl ressemble à papa. Mon psychiatre me donnerait l'absolution. Ce n'est plus un fait inconscient, je poursuis mon père jusque dans le lit. Mon père dans un autre corps, mon père en moi. Je l'ai dit à Saúl pendant qu'il fabriquait ses œuvres en bois. Il finira par faire de la critique et par monter des expositions, son esprit abîme la bonne œuvre qui peut être à faire. La force de son intelligence tue le résultat.

Des touches de piano à grande échelle. Terre et neige à la fois. Saúl n'a pas pris peur. Il comprend tout. Je lui rase la tête avec une machine qui rappelle une tondeuse à gazon. Saúl me regarde fabriquer mes parents ; il sait qu'ils vont bientôt disparaître. Art éphémère. Tuer les parents, disait le psychiatre, sentencieux. Pour l'instant, je rase avec la machine les rares cheveux qu'il reste sur la tête de Saúl.

Nous faisons l'amour avec la précision de sa lame quand elle tranche les bords en bois. Il est plus beau de le voir se déshabiller que de me voir jeter mes vêtements par terre. Il se déshabille parfaitement, comme une femme. Il possède les clés du nu. Cinq minutes et nous sommes l'un dans l'autre. Saúl et moi qui ne nous connaissons pas, pris dans la neige de Saché. Il me cogne contre le bois et le coup me plaît, le désir que je retiens me fait verser des larmes, les miels que mon corps recèle parviennent dans la bouche de Saúl. J'écarte les jambes comme le port qui laisse passer les lumières sous les ponts. Appétit et soif. Appétit et peur. Saúl semble cubain, mais il ne l'est pas. Il dégage une odeur d'huître quand il s'endort et je descends boire à son sexe, l'avaler, blottie contre lui, perdue dans son absence, gémissant.

Avec Saúl, la vérité est mensonge. Des femmes

l'appellent de partout dans cet *atelier*[1] du bout de la France. Il arrive du courrier dans plusieurs langues. Saúl ne dit pas qu'il m'aime. Je m'invente l'amour de Saúl. Je l'oblige à mentir, je lui donne les outils pour mentir. Il dit qu'il m'estime et qu'il est seul. Il ne connaît pas mon pays, ni mon père, ni ma maison, ni mon absurde pedigree. Il ignore les hommes que j'ai été dans chaque vie. Les femmes qu'il incarne restent suspendues à la ligne téléphonique et à son odeur. Saúl ment et je le laisse blesser sans trêve mon corps de son épée muette, jusqu'à ce que la douleur de m'avoir fait du mal l'étouffe.

Ici, « comme on peut le constater sur l'estampe », Saúl fait des interventions privées dans mon âme. Saúl et moi ne savons pas qui nous sommes, travaillant sur la neige. Sortilèges sur le blanc. Magie blanche.

Je téléphone chez moi avant de réveiller Saúl. Il y a tant de neige que la porte est bloquée. Je veux dire à papa que j'ai connu Saúl, que j'ai connu la neige. C'est moi qui réponds de La Havane, Cuba. 537.

« Bonjour. Papa et moi, on est sortis un moment. Laissez votre message et je vous rappellerai, c'est sûr »… Biiip !

Sûr ? Sûr que je peux m'appeler moi-même ? Qu'est-ce que je me dirais ? Je ne sais pas. Je n'ai

1. En français dans le texte.

rien de nouveau à me dire. Juste la même chose, celle de toujours, que je veux retrouver maman.

— Saúl, réveille-toi, on est coincés par la neige et je suis cubaine. Je me gèle, sors-moi d'ici. Je veux voir le soleil, je veux la mer.

— Je déteste la mer, dit Saúl épuisé, me laissant seule au milieu de ce lointain *atelier* du bout de la France.

20 février 2006. Paris.

Saúl m'a appris à skier. Un artiste dominicain a laissé deux écorces de palmier avec lesquelles nous avons confectionné des skis. Nous les avons renforcées avec de la résine, elles sont devenues fermes et légères à la fois. Des plumes pour voyager à l'abri de l'air tranchant de ce dur hiver. Couteau au vent, nous découpons le paysage, dessinons des rails sur le blanc, glissons ainsi sur les collines environnantes. Je suis descendue de ma cime cachée jusqu'au givre ardent de son sexe. « Paroles d'Esquimau », cet homme me plaît, je l'aime, je pourrais croire en lui s'il ne mentait pas. Son sexe brun, méditerranéen, fort, impulsif comme ce ressac de la côte entraînant les pierres, est vrai ; arrachant des algues, dépeçant du bois. Vrai est le mélange de cette Cubaine gracile et de ce Catalan fibreux comme l'ébène, éclairé comme les anciens. À trois heures du matin, il parle de Kant comme de lui-même. Moi, je parle de cyclones, pendant que nous regardons tomber la neige. Nous lévitons tous les deux. Oui, c'est ça, la Méditerranée contre les Caraïbes au milieu d'un cyclone qui défend cette île seule. Île perdue qui veut avaler la féroce et manipulatrice Mare Nostrum masculine, cultivée, extravagante. Mer savante, mer qui frappe mes cuisses en me jetant vers le fond avec des paroles savantes. De quel genre de sexe s'agit-il ? Sexe dépressif, sexe succulent, sexe passé par Barthes, Beckett, Derrida, Musil. Que de gens dans ce lit, mon Dieu ! Je ne comprends pas, je ne fais que toucher, je marche sur son dos avec mes doigts et sur la pointe de mes pieds j'emporte l'envie. Je sens de l'eau sur mes cuisses. Chaleurs, douleurs, restes de sperme, qui se trahit quand on y goûte. De la neige avec une mangue.

Journal rouge

Saúl est ce bateau prudent même pour ses yeux, vaisseau maladroit sondant, sans l'aide du petit remorqueur, sombrant entre les trains, tiré par des histoires inouïes, rendues plus étranges par leur verbe sans âme. Architecture soigneuse d'événements, structure redoutant l'avenir. Personne ne demande autre chose qu'un peu de fidélité à l'instant où il se lie. Le reste est là-bas, il enfonce nos portes. Par la cheminée entre une liste de noms féminins qui, en secret, murmurent des désirs à cette « tête parlante ».

Nous avons fait l'amour des milliers de fois sur cette neige qui n'est que le sable de Varadero avec une odeur de neuf. Nous avons fait l'amour dehors pendant que mes sculptures brûlaient sur les nuits blanches de Saché.

Mon corps : je saigne toujours les premières fois. L'abandon n'est jamais gratuit, je laisse quelque chose en échange de l'amour qui se cuisine en moi.

Je coupe un cordon ombilical et je m'attache fort à l'autre. Trois gouttes rouges illuminant la glace. Il est beau de les voir se dilater à mes pieds. Saúl foule le pourpre, il n'a pas remarqué la composition. Ça fait mal et tu te souviens, ça fait mal et tu oublies.

Tout en développant en catalan sa théorie sur la fatigue, Saúl prépare la morue.

Il y a une odeur omniprésente de coquillages, même loin de la côte. Il y a une odeur de coquillages à cause de nos sexes mêlés à des poissons morts, et des sujets aussi piquants que Derrida, Eco, Barthes, ouf ; maintenant je comprends son intérêt pour le concept de fatigue. Je pensais qu'en quittant Cuba j'allais laisser derrière moi toute cette suffisance : « Richesse et monde intérieur. » Les citations me terrifient. Saúl a quarante-cinq ans et il s'échappe. « À cause de malheurs, son âme est profonde et sombre. » Il n'aime que les chansons en anglais. Il ne comprend pas mon attachement pour celles en espagnol. Il défend sa langue avec fermeté, mais il ne l'utilise ni pour écrire ni pour s'exprimer. Je lui demande de me faire écouter quelque chose en catalan. Nous procédons à un échange. Il sort du fond de sa valise les poèmes d'amour du *Llibre d'Amic*, de Joan Vinyoli. En retour, il exige que je lise l'interview « Je n'écris pas sans lumière artificielle ».

[Jacques Derrida interviewé par André Rollin, entretien publié dans la revue *Le Fou parle*, nº 21/22, nov./déc. 1982, avec l'aimable autorisation de Jacques Vallet. Je cite un extrait.]

A. R. : Il y a le ciel au-dessus de vous alors ?

J. D. : Que je ne vois pas. Il y a une espèce de petite fenêtre qui ouvre vers le haut. Donc, la lumière tout le temps. Je ne peux travailler, ça fait partie de ma pathologie personnelle, je ne peux écrire que si il y a une lumière artificielle. Et là, même quand il fait jour, même en plein jour.

A. R. : Toujours la lumière allumée ?

J. D. : Toujours une lampe.

A. R. : Qui éclaire votre papier ?

J. D. : Qui éclaire le papier, la machine, et ça je…

A. R. : C'est le premier geste que vous faites quand vous vous mettez à écrire ?

J. D. : Oui. Et même dans la pièce du bas qui était normalement lumineuse, il faut une lumière artificielle supplémentaire.

A. R. : Vous n'écrivez pas sans lumière artificielle ?

J. D. : Je n'écris pas sans lumière artificielle. Ça s'est installé comme ça, ça s'est fait comme ça, j'ai toujours l'impression que la lumière manque. Et ce grenier, par exemple, l'interrupteur se trouve en bas, hors du grenier, c'est-à-dire qu'avant de monter, j'allume.

S'il fait ça pour m'ennuyer, c'est réussi. J'ai passé l'université et la moitié de mes études à La Havane à lire SANS LUMIÈRE ARTIFICIELLE. Mèches, bougies, lampions chinois, réverbères... ou le soleil lui-même, n'importe quoi pour m'éclairer et réussir mes examens ou terminer mes travaux. Je lui raconte ce qu'il m'en a coûté d'arriver ici, d'étudier, de vivre sans lumière artificielle, mais il ne comprend pas. J'essaie de ne pas me sentir inférieure. Il préfère ignorer tout ce que je peux lui raconter du monde d'où je viens. Ce que j'ai été avant notre rencontre ne compte pas pour lui. On ne peut pas être plus malheureux, je sens le talon de sa chaussure m'enfoncer ses idées dans l'esprit. Je viens d'un tiers-monde éclairé par la lumière naturelle. Je travaille dans n'importe quelles conditions.

Combien de fois sommes-nous restés dans le noir dans les cabines à la radio, avec ce silence de mort, ce silence du studio isolé pour obtenir le silence.

Centre de La Havane. Un peu au-delà du parc de Trillo, mon ami Carlos del Puerto (le fils) à côté d'une grande mèche de lampe à kérosène, travaillait la contrebasse devant la porte de sa maison. L'archet frôlait, tâtonnait dans l'obscurité de la corde, ses cheveux lâches, mouillés, tout le quartier dans la pénombre et l'instrument qui bramait, se plaignait dans l'obscurité.

Ils n'écrivent pas sans lumière artificielle ?

Ils ne vivent pas sans problèmes artificiels. Je ne les comprends pas, et ils ne me comprennent pas. Saúl me remet des textes qui compliquent la conversation au niveau de l'éthique, des références ; il parle d'art, je parle de vie réelle. « Tu viens d'un monde fertile. » Il me dit que l'Europe lui semble fatiguée. Il épuise son besoin de m'entraîner comme une créature désordonnée et tribale.

Notre conversation n'existe pas, il s'agit d'un muet communiquant par gestes avec un aveugle. J'avale la morue en silence ; il y a de la lumière, mais j'éprouve l'angoisse que génère la maudite coupure d'électricité. Cette lumière artificielle ne sert pas à Saúl.

Si nous n'écrivions pas sans lumière artificielle, la moitié de la littérature cubaine n'existerait pas. Mon respect à Derrida ; mais, à Saúl, tout mon découragement. Pourquoi ne veut-il pas comprendre d'où je viens ? Pourquoi son intelligence lourde, son épaisse culture de fer fondu, abîme-t-elle le désir, l'amour, la merveille de cette rencontre ? Elle est inerte.

Pour l'instant, nous savourons son poisson croustillant avec du vin rouge, dense comme sa voix, sombre comme son sexe.

— D'autres saveurs, Cubaine, d'autres textures, une portion du monde dans ta bouche… Arrête de parler et avale !

Il frotte de la tomate sur le pain comme s'il frôlait mes cuisses. Il y trempe ses doigts ronds, ses coudes minces battent maladivement l'air de la nuit, le vin nous transporte, j'en ai l'eau à la bouche ; rouge sur rouge, terre et sel. Saúl « *pa amb tomáquet*[1] ».

Comme à La Havane, quand tout s'éclaire, la frénésie éclate. La lumière est arrivée !

1. Catalan pour : « Pain frotté à la tomate », très répandu en Catalogne.

Parole d'Esquimau

Pour toi je quitterai la neige et je skierai sur le sable, je ne tracerai pas de graffitis sur la glace, j'aurai un accent d'Occident et des vêtements d'été, mes dents n'attendriront pas d'autre peau que la tienne, mon odeur se dilue dans ta lavande propre ; comme l'esturgeon perd le caviar je perdrai mon nom, j'oublierai le rite de l'igloo, la femme et la proie, je regarderai le dégel comme de l'eau de mon sexe, je n'offrirai pas à l'étranger ce qui est à toi au bout de la nuit, je resterai dans ton lit à toréer le feu, j'effacerai de ma bouche l'appât et le poisson, je laisserai en liberté les chiens du traîneau, j'essaierai d'oublier l'exil de la glace, nous hivernerons ensemble pendant que l'hiver fera souffrir.

Aux confins de l'iceberg voyageant sur l'île blanche survivent une larme gelée de ma mère et le murmure suppliant de mon père, peut-être l'amnésie est-elle préférable, même si tout semble une chose d'un autre monde, nous chasserons ensemble. Parole d'Esquimau.

Il y a des nuits où mon père surgit dans mes rêves au bout de mon lit. Mon père doit bien se baisser, car, même si c'est un rêve, nous dormons sur un futon japonais, posé par terre, il a son âge et mal partout. « Nadia, qu'est-ce que tu fais ici ? Qui attends-tu ? Cours, Nadia, cours ! »

Je dors et j'essaie de courir, mais quelque chose pèse sur mes pieds et je ne peux que réveiller Saúl. Saúl déteste être réveillé et il dort avec des boules Quies.

— *Es quan dormo que hi veig clar.*

Je n'y comprends rien. Je suppose qu'il veut parler du fait qu'il ne dort pas comme il le devrait, mais je n'en suis pas sûre. En dormant, il a recours au catalan, parler sa langue le rend plus beau et plus viril, mais un homme qui dort avec des boules Quies ne constitue pas un spectacle très sensuel.

Je me lève, déambule dans la maison. Je me demande à quoi ressemble la vie en exil. J'ai peur de ne pas pouvoir rentrer. De ne pas pouvoir laver à grande eau et marcher pieds nus sur les dalles de ma maison, à La Havane. Où est mon père, maintenant ? Mon père et ses mystères, mon père et ses films.

Malade, comme un vieux loup, il lèche ses blessures seul. Il ne veut pas interrompre sa fille. Il attend la mort dignement, comme il a attendu, jour après jour, la reconnaissance. Il ne le dit pas, mais il a rêvé de voir les salles de cinéma remplies d'un public qui applaudit ses films à la fin de la dernière bobine.

Je suis mon père avec un corps et des gestes de femme.

10 mars. Paris

On m'a refusé mon visa pour les États-Unis. Je ne peux pas profiter de la bourse Guggenheim pour l'instant.

Changement de projet. J'appelle les amis de ma mère. Je veux la retrouver. Je fais appel à mes contacts ; personne ne dit quoi que ce soit de cohérent à son sujet. Ils semblent l'avoir oubliée, ils sont tous différents aujourd'hui.

Le séjour de Saúl prend fin. Il ment, il ment, il dit qu'il va juste en vacances à Formentera mais il s'y rend avec une femme pour nager nu avec elle et tout oublier. Saúl ment encore après m'avoir demandé de l'excuser, il continue à naviguer sur Internet pour trouver une partenaire. Qui diable est Saúl ? Où est ma mère ?

J'appelle Saúl pour me plaindre du refus de mon visa. Je lui dis qu'à ce moment je vais y aller en radeau de Cuba et que je prendrai des photos en arrivant en Floride. Saúl dit que nous, les Cubains, on se sert de nos problèmes pour gagner ce qu'on a : succès, galeries, articles, notoriété.

J'ai passé la matinée à pleurer après cet affront.

Je me remémore les œuvres d'art qui ont été créées en Espagne et en France aux pires moments de la guerre. Saúl ne s'est pas mis en tête de dire que *Guernica* fut une invention créée pour le succès. Personne ne songerait à proférer une telle sottise. Toutes proportions gardées, les périodes difficiles génèrent des réactions rudes. Adieu, Saúl.

Je trouve des amis de ma mère, mais rares sont ceux qui croient que je vais avoir de la chance ; elle est terrible. Elle a changé onze fois de domicile en moins de huit ans.

Je joins des lettres écrites pour (et par) ses amis. Pour ceux qui ne veulent pas être mentionnés je fais figurer dans mon journal un droits réservés (DR).

Mes chéris,

Je ne sais pas comment, mais j'ai finalement besoin et avec urgence de retrouver ma mère, tous les détails peuvent m'intéresser. Je suis à Paris, d'ici, les communications sont beaucoup plus faciles. Répondez quand et comment vous vous rappelez l'avoir vue pour la dernière fois. Le moindre détail peut me conduire à elle. Je joins mes adresses postale et électronique.

Je vous embrasse depuis la glace.

Pensez-y et réexpédiez ce *mail* à tous ceux qui pourraient me donner de ses nouvelles. Je vous aime et vous suis très reconnaissante.

Nadia

P.-S. : « Toute information… »

Flaca[1],

Je n'ai vu ta maman que la fois dont je t'ai parlé. La fois où, à Mexico, elle est partie en courant et a traversé la rue comme une flèche en me voyant, j'étais dans l'entrée de l'hôtel avec deux amis en train d'attendre une voiture pour aller faire un test de prise de son. En fait, je me suis toujours demandé si c'était vraiment elle, en tous cas elle était toute pareille. Si j'ai pu garder le silence sur certaines choses du passé, c'est pour le bien de tous ; crois-moi, c'est mon plus cher désir. Ce que tu pourras faire pour la trouver, fais-le maintenant. Tu sais que tu peux compter sur moi.

DR

Nadia,

Quand nous étions enfants, nos parents étaient des amants qui se voyaient en cachette, je n'avais d'yeux que pour toi. Je ne me souviens pas bien de ta mère. Des jambes parfaites traversaient la pièce jusqu'à la chambre de mon père, puis elles réapparaissaient et t'entraînaient vers le trottoir. Je vais lui demander s'il a eu des nouvelles de la femme qui le rendait fou.

Je vis toujours à Mexico, je travaille pour la télévision. La rubrique sportive. Contrairement à tous tes pronostics, je ne me suis pas marié et je n'ai pas d'enfants.

Je t'embrasse,

Diego

1. Terme affectueux signifiant « maigrichonne ».

Fille à sa maman,

J'ai bien reçu ta lettre.

Elle et moi nous nous sommes dit au revoir au parc de la Funeraria, en février 69. Rappelle-toi que, comme Avellaneda[1], j'ai été l'une des premières à partir. Cette fille magnifique sortait avec l'innommable laid et maigrichon qui est aujourd'hui si célèbre sur l'île. Elle se faisait tatouer sans anesthésie. Que personne ne te cache que ta maman était une dure. Ensuite, j'ai appris que tu étais née et qu'elle avait vécu avec ton père dans la maison de mon ex.

Bref, des histoires des années soixante, des choses que tu ne comprends pas, tu n'as pas à porter ce karma. Oublie le passé, petite, et vis l'avenir, toi qui peux.

Précision : demande à Yoko, elle a un salon de coiffure à Miami et tout le monde y va. Pas ta mère, elle n'est pas du genre à aller chez le coiffeur.

Je t'embrasse,

J. Pérez

P.-S. : Ah ! comment est-ce que tu m'as retrouvée, ma petite ? Je suis au Canada où je coupe des arbres. Ah-ah-ah-ah-ah-ah.

Nadia,

Voilà l'idée que je me fais de ta maman, il y a longtemps, très longtemps, que je n'ai pas eu de nouvelles d'elle. Existe-t-elle ou est-elle le fruit de mon

1. Gertrudis Gómez de Avellaneda, écrivain cubain du XXe siècle qui a écrit les célèbres vers « En partant » le jour où elle quitta Cuba pour l'Espagne.

imagination ? Je vis toujours à La Havane, au même endroit. La dernière fois que je l'ai vue, j'ai écrit ce texte. Je ne sais pas si tu l'y retrouveras, mais tu la reconnaîtras peut-être.

A MANY SPLENDORED THING

Tu as été ou tu es l'amour
le grand amour de deux ou trois personnes
ces deux ou trois personnes
te l'ont dit à des moments
suffisamment graves.

À un moment elles s'excusent et consultent leur montre
ou te demandent l'heure
et il est presque toujours tard, qu'on les attende ou non,
c'est sans importance.

Elles prennent congé en te regardant dans les yeux
en se coiffant en arrière, les doigts tranquilles,
et le grand amour ferme la porte
quand elles sortent, avec un certain sentiment de culpa-
[bilité.

Et une fois qu'elles ont descendu l'escalier
elle se demande que faire de ses deux ou trois
grands trésors, et maintenant quoi.

Ariel

Nadia,

Ta maman est passée à Miami et elle a logé chez « qui tu sais ». Elle ne m'a pas appelée, ni laissé de message, je suis toujours pauvre et pas elle.

C'est dommage qu'elle t'ait abandonnée à La Havane, elle a toujours été plus femme que mère. Bref, tu devrais la chercher dans les galeries, on dit qu'elle a eu beaucoup de succès et qu'elle a vendu tout ce qu'elle avait apporté. Je ne comprends jamais rien, d'abord elle était à la radio et maintenant elle vend son art. Bref, chacun son truc. On est toutes folles, regarde comment Ana M. s'est tuée[1] ; personne n'est heureux de son sort, même s'il vit dans un gratte-ciel.

Je t'embrasse, dis bonjour pour moi à ce qu'il reste de ton père, qui doit être dans le coma pour recevoir là-bas tant d'hommages.

Lula

Ma jolie,

J'ai vu le catalogue de ton « Luxe et pauvreté » de passage à New York, mais je l'ai découvert trop tard, ils avaient déjà démonté l'exposition. C'est dommage, je suis un soldat et je ne veux rien avoir à faire avec ceux de l'île, mais ce n'est pas ta faute. J'irais voir ton œuvre avec plaisir.

En 1979, j'ai fait des photos de tes pieds et de ceux de ta mère. C'était l'époque où nous étions partis pour Cienfuegos avec elle car La Havane était… insupportable. J'ai vendu mon appareil à des Hongrois, j'ai donc perdu la trace de tes pieds, j'espère qu'ils sont toujours aussi beaux.

---

1. Ana Mendieta (1948-1985), artiste cubaine, performeuse radicale, qui s'est suicidée le 8 septembre 1985 en se jetant du haut d'un immeuble de trente-quatre étages à New York.

Ta mère expose dans les salons artistiques. Elle est avec une personne très dangereuse (je tairai son nom). Je n'ai pas ses coordonnées mais cherche-la dans le monde de l'art russe.

Je t'embrasse.

J'espère que tu te rendras COMTE[1] de qui je suis.

Ton admirateur.

Nadia,

J'ai été ami avec ta mère. J'ai envie de t'en parler. Je t'attends vendredi au restaurant La Closerie des lilas. 171, boulevard du Montparnasse, à Paris.

Je ne peux pas changer la date car je vis à Milan, je n'ai pas beaucoup de temps libre. Vendredi, à vingt et une heures, pour le dîner. Je suis petit et je porte toujours un costume noir et une cravate rouge.

Troisième table sur la terrasse vitrée, à gauche. Merci de confirmer.

Je t'embrasse,

Paolo B.

1. Jeu de mots entre « cuenta », « compte » et « cuenca », patronyme du personnage, rendu par « comte » en français, pour faire écho à « compte ».

Feuilleton radiophonique cubain : « Rencontre avec Paolo B. »

SON : MUSIQUE ITALIENNE : SCARLATTI-*SONATE K 430*. FORTE PLUIE. TAXI QUI S'ARRÊTE À L'ENTRÉE DU RESTAURANT. PORTE QUI S'OUVRE ET SE REFERME. BREFS COMMENTAIRES EN FRANÇAIS.

NARRATEUR : NADIA AVEC SON PARAPLUIE CHINOIS, JETABLE, DESCEND DU TAXI EN COURANT JUSQU'À LA CLOSERIE DES LILAS. L'IMPECCABLE GARÇON À LA PORTE LA CONDUIT JUSQU'À PAOLO QUI, DILIGENT ET GENTIL, L'AIDE À S'ASSEOIR, NON SANS LUI AVOIR ÔTÉ LE MANTEAU ROUGE EN FEUTRE QUI LA RECOUVRE. PAOLO L'EXAMINE DE LA TÊTE AUX PIEDS ET FAIT UNE ÉTRANGE GRIMACE.

SON : CROSS-FADE MUSIQUE ITALIENNE, AVEC UN PIANO DOUX QUI SE DISSOUT SUR FOND DE :

EFFETS : VERRES ET COUVERTS, AMBIANCE DU TRÈS RAFFINÉ ÉTABLISSEMENT FRANÇAIS SUR FOND DE PLUIE.

PAOLO B. : Nadia… ta mère et moi avons essayé de partager nos vies, mais elle commence les choses, puis elle les détruit, elle peut devenir l'épouse la plus brillante et sensuelle du monde. Au bout d'un mois elle s'ennuie, se sent enfermée, fait une catharsis existentielle et s'échappe. J'ai été l'une des victimes de cette femme fatale. Personne ne peut la retenir.

NADIA : Tu l'as revue ?

PAOLO B. : Il y a cinq ans, devant chez Chanel, les bras chargés de paquets. On va chez Chanel pour une chose, c'est vulgaire d'y aller pour TOUT Chanel. À l'époque, c'était une rousse lumineuse, qui parlait mal le russe, avec deux enfants à ses côtés et un galeriste russe lui aussi, bien connu et très mafieux, qui faisait de grands gestes et décidait des choses sans cesse. J'ai voulu l'embrasser, mais elle a seulement tendu la main pour me la serrer avec respect. Je lui ai dit qu'elle était belle, elle a ri avec son expression, la tienne, qui consiste à froncer le nez et à lever les yeux en baissant le menton. Ta mère est la femme qui perd le plus vite la mémoire en ce monde. Aujourd'hui elle récite ton nom et demain elle t'expulse de son esprit sans te demander la permission.

Elle peut être mon épouse, la femme d'un Russe, la grande artiste, une muse de La Havane des années soixante et, sans doute, la hippie qu'elle a été doit être cachée quelque part. Elle est beaucoup de femmes en même temps. Tu vas avoir du mal à la retrouver. La maman, je veux dire.

NARRATEUR : PAOLO SERT LE VIN ET ARRANGE LA DISPOSITION DES COUVERTS POUR LE DEUXIÈME PLAT. ILS ONT FINI LEURS HUÎTRES ET LE STEAK TARTARE QU'IL A COMMANDÉ AU GARÇON SANS CONSULTER LA JEUNE FEMME VA ARRIVER.

NADIA : Excuse-moi, j'en sais encore moins sur les couverts que sur ma mère.

NARRATEUR : ILS SOURIENT ET TRINQUENT, AIMABLES ET AMUSÉS.

PAOLO B. : Il n'est pas possible de la connaître. Elle, je veux dire. Je ne vois personne qui ait pu la définir correctement. Parfois blonde, parfois châtain clair, parfois rousse… je ne peux pas te dire qui elle est.

NADIA : Je sens que je dois aller quelque part… la sauver ? Je ne sais pas si c'est le mot, je ne veux pas être ridicule avec toi, Paolo.

NARRATEUR : ELLE TENTE DE BOIRE LE RESTE DE VIN DANS SON VERRE ET PAOLO, DANS UN GESTE ÉLÉGANT ET RAPIDE, LE LUI PREND DES MAINS.

PAOLO B. : Attends qu'ils changent ton verre. Je ne sais pas si tu aimes manger cru, mais goûte la viande et on boira un vin qui rendait ta mère très sympathique.

Nadia : J'essaie de goûter à des choses nouvelles, d'éduquer mon palais. Je veux appréhender le monde par tous mes sens. Ma mère boit du vin ?

Paolo B. : Ta mère boit des vins exotiques, de l'absinthe et du rhum ; elle boit la vie, ta *mami*.

Nadia : Absinthe et rhum ? Ce qui est génial, c'est que l'absinthe, prise selon le rituel, se consomme en faisant brûler le sucre ; le rhum, c'est du sucre. Tu es cubain ? Je ne crois pas.

Paolo B. : Tu dis ça à cause de mon accent ? Je n'ai pas voulu rester cubain, c'est quelque chose que je me suis proposé, la nostalgie contrariait mes projets, en fait c'est quelque chose qui me revient cycliquement en tête et qui entrave mon monde. Je suis devenu milanais. Sinon, je n'aurais rien de tout ça. Je vis là-bas, en face, dans cet attique et non à La Havane. Mais dans six heures, je serai à Garde, face au lac, en train de travailler. J'ai été cubain, maintenant je ne sais plus.

Nadia : Je ne reconnais pas ton accent cubain, tu parles comme… mais d'accord, je comprends.

Paolo B. : Je t'ai donné rendez-vous ici pour te parler de ta mère. Comme je ne peux pas t'en dire plus, il vaut mieux que tu prennes le dessert avec un ami qui est là-bas, à cette petite table avec la lampe jaune. C'est un artiste russe. Il a des choses à te dire sur elle. Si tu permets, je me lève, je vous présente, il vient et je m'en vais.

Nadia : On dirait un roman d'espionnage. Je me sens comme un personnage de *Dix-sept instants du printemps*[1]. Je ne m'explique pas pourquoi ma mère a perdu une personne aussi spéciale que toi.

PAOLO *(sourit)* : Ne fais pas la coquette, ne fronce pas le nez, ne te cache pas, tu ne facilites pas les choses comme ça… Je peux te demander quelque chose avant de partir ?

NADIA : Si c'est de payer l'addition, je vais essayer.

PAOLO : Non, je paie à la fin du mois. Je suis ici comme chez moi.

NADIA : J'ai cherché sur Internet et on dit qu'Anaïs Nin et Henry Miller fréquentaient cet endroit…

PAOLO B. : Je veux te demander d'accepter ça, mais pas pour des repas, ni des livres, ni pour des objets, Je veux que tu utilises la liste de boutiques qui figure sur ce guide et la carte bancaire à ton nom. Je n'aime pas te voir en jean, c'est très vulgaire pour quelqu'un qui lit Anaïs Nin et a choisi un manteau pareil.

NARRATEUR : NADIA PARCOURT LA LISTE, REGARDE LA CARTE PLATINE. ELLE LE REGARDE FIXEMENT ET, PRESQUE SANS RESPIRER, POSE LE TOUT SUR LA TABLE.

NADIA : C'est trop pour une artiste pauvre comme moi. Je ne peux pas accepter ce genre de cadeaux. En échange de quoi ?

---

1. Julian Semenov, *Complot Himmler, dix-sept instants du printemps*, Paris, Fleuve noir, 1981.

Paolo B. : « Nous sommes trop pauvres pour acheter bon marché. » Quelque chose qui ne soit pas aussi éphémère que ta mère. Une précision avant de partir : elle ne m'a jamais dit qu'elle avait une fille, mais vous vous ressemblez trop, et je te crois parce que tu m'as été recommandée par ceux qu'il me reste à La Havane.

Narrateur : Paolo B. étreint Nadia, fait un signe à l'artiste russe, qui se lève et salue la jeune femme. Ils se quittent sur un baiser. À la russe. Paolo les laisse. Installés, le Russe et Nadia trinquent au champagne.

Son : la musique de fond monte… Rimski-Korsakov.

Schéhérazade. Le son baisse jusqu'à s'arrêter sur :

20 mars 2006. Moscou.
Russie. Ex-URSS

Ma mère a été retrouvée. Je vais la chercher en taxi. Ses anciens amis, auparavant des parias, des guérilleros, des artistes hippies, des gens pauvres, sont devenus des cadres, des patrons, des gens qui ont réussi. Les autres sont restés en chemin. Ils sont morts ou ne sont plus visibles. Ce sont les forts qui ont renversé le mur ; les faibles se sont écroulés avec lui.

Ma mère est ici, à Moscou, avec ses enfants adoptifs et un mari russe. Au restaurant, l'artiste m'a parlé de l'œuvre photographique de ma mère. Je me suis connectée sur Internet et j'y ai trouvé sa galerie, et aussi son domicile à Moscou. J'ai appelé en me servant du peu de russe que j'ai appris à l'école primaire à Cuba, je me suis débrouillée pour la trouver.

Les rues moscovites sont dures et vastes. Hiératiques, au tracé parfait. Il y fait un froid terrible. Une odeur forte, de vinaigre, vient de l'extérieur. Ça sent le poisson, les fruits, le chocolat et le parfum éventé. Je sens que l'air me blesse le visage en me touchant. Je n'ai pas pensé à aller visiter des musées. La momie de Lénine est-elle toujours exposée ? Je désire traverser le pont et monter l'escalier du numéro 235 pour connaître ma mère.

Lettre de Saúl.

Nadia,

J'ai autre chose à faire que de répondre à ton harcèlement.

Je ne comprends pas les Cubains et leurs histoires. Je suis parti en vacances parce que je n'en pouvais plus. Je suis occupé par les petits groupes de rue qu'on organise à Buenos Aires depuis un an. Tu te rappelles mon agenda noir ? Je n'ai pas de temps à perdre.

Tu as bien plus menti. Ton père est-il vivant, ou mort ? Il figure dans l'hommage posthume qu'organise la Cinémathèque de Paris, cet été. J'aimerais savoir qui piège qui dans ce jeu entre chasseurs.

Ana, de Buenos Aires, t'envoie un baiser, elle dit que vous vous connaissez. Même si tu ne veux pas, je le mets dans cette lettre. À bientôt. *Merci.*

Comme toujours, Saúl ne signe pas sa lettre.

Moscou est imposante. Ça, c'est du froid.

Mes bottes Hogan neuves vont s'abîmer, quelqu'un me fait goûter le *nalivka* (une sorte de liqueur très douce). J'écris bien à l'abri dans un café élégant. J'ouvre un plan pour m'orienter et lire les guides qui invitent à se déplacer sur ce territoire infini.

Je dois visiter le musée Pouchkine, je ne peux pas ne pas aller sur la place Rouge, au Bolchoï. Je trouve les gens d'ici très fermés. Je ne connais pas cette culture, nous avons coexisté « là-bas loin et il y a longtemps », mais en fait les Soviétiques ne nous ont presque rien laissé et nous savons très peu de choses sur eux. En chemin, j'ai vu des boutiques et toutes sortes de restaurants. La ville est immense, les dimensions, à l'échelle et dans la réalité, sont impressionnantes. Il y a plus de dix millions d'habitants ; le métro compte cinquante stations. Je déteste le concept du métro.

GUIDE DES RESTAURANTS

La première recommandation est le fameux restaurant Pouchkine, un bel édifice à trois étages à Tverskaïa. Un bâtiment du XIXe siècle, fantastique et luxueux. C'est l'endroit le plus *glamour* des riches de cette ville, il doit regorger de touristes. La cuisine ouverte vingt-quatre heures sur vingt-quatre et les prix montent au fil des étages : au rez-de-chaussée, appelé la Pharmacie, un dîner peut revenir à soixante euros, mais au premier et au deuxième, il peut en atteindre deux cents. Ce sont des plats du XIXe siècle, une cuisine à l'ancienne, des recettes typiques comme par exemple des *piroshki* très légers pour accompagner divers pots-au-feu ; les *blinis* avec du caviar, du gibier et du poisson fumé. Ça a l'air très bon, mais je jure que j'ignore de quoi il s'agit ; on dirait que les Russes qui vivaient à Cuba étaient un peu plus modestes en ce qui concerne la cuisine. Je me rappelle les feuilletés au chou aigre et les œufs farcis. Je me rappelle être allée avec mon père au restaurant Moscou à La Havane, un endroit pourvu d'immenses panneaux en bois précieux laqué. Ma mère l'appelait l'Étable de luxe. Elle est partie mais elle a laissé ses surnoms, ses préjugés, sa folie autour de nos têtes. Je pense parfois que lorsque des personnes meurent ou disparaissent jeunes, elles deviennent facilement des mythes ; disparaître tôt leur accorde cet avantage. Nous n'avons pas le temps de les voir s'écrouler, se repentir ou nous décevoir.

Mon père la cite sans cesse, c'est son classique préféré. Un fantôme sur lequel il a veillé chaque jour.

J'adorerais inviter ma mère dans ce restaurant qui rappelle notre Moscou, peut-être à l'étage de la Pharmacie. Ce serait de mauvais goût de l'amener là où la nouvelle noblesse russe dépense son argent. Je suis maintenant rue Krasnoznamennaïa, juste devant l'hôtel Mezdunarodnaïa, je vois dans le guide qu'on y trouve un nombre impressionnant de restaurants, le patron de ces commerces est le fils d'un célèbre acteur russe, Oleg Tabakov. Bon, je n'ai plus faim ; je suis venue pour ma mère, manger est secondaire.

J'ai failli ne pas avoir mon visa. Je trouve que c'est le comble, avec tous ces Russes qui ont vécu à Cuba, avec toute cette nourriture soviétique que nous avons ingurgitée, saindoux russe (de la graisse de phoque, disait-on), compote de pommes, conserves, corned-beef russo-argentin. Nous avons même écouté notre vie en russe. Il était impensable qu'on ne me laissât pas venir aujourd'hui.

J'ai eu une relation d'amour-détestation avec les dessins animés russes. Ils pouvaient être russes, allemands, polonais, mais… on les appelait comme ça : dessins animés russes. Nous étions des enfants un peu solitaires, aux parents toujours occupés, la télévision allumée, l'écran noir et blanc avec des caractères russes.

Ma génération a été marquée par ça. Un pays des Caraïbes élevé selon des codes soviétiques. Je vis dans un dessin animé : Mamuchka perdue et mon père dans une *datcha* perdue loin de Nadechda, moi, matriochka errant dans le monde réel. Oui, tous mes problèmes m'intègrent par ordre de taille. Ils se cachent en moi. Il n'est pas normal que je regrette « дд стб-лес » (Oncle Stiopa, le milicien), *Microbe, La Princesse grenouille, L'Électronicien, Choky, Petite Plume, Les Petits-Enfants du cèdre, Le moineau qui ne boit pas, Tari l'oisillon, Aladar Mezga, Éclatant et Bruyant, Les Aventures d'Anita, La Famille Fröhliche, La Poupée Apolonia, Pavel ou Paye seul au monde, Le Petit Homme de sable, Lait coupé* avec Fogón, le facteur qui nous apportait la revue *Dessins animés*.

Je suis une touriste dans un pays que, d'une certaine façon, je connais.

Ils ont fait une grande intervention publique à Cuba. Ils ont laissé des traces dans nos mémoires ; nous avons mal appris leur langue et maintenant ils nous ont oubliés. Par chance, dans un élan d'« amitié indestructible », j'ai pu leur arracher mon visa pour retrouver ma mère.

Koniec.

Je suis toujours à Moscou quand je me voyais à New York. Voilà l'histoire. J'ai interrogé tous les amis de ma mère qui ont répondu à mon appel. Comment peut-on décrire la même femme de façon aussi contradictoire ? Elle a mille visages. Je vais lui remettre les films de mon père. L'un d'eux porte son nom.

J'ai téléphoné à Cuba sans succès. Où mon père peut-il bien être actuellement ?

Le chauffeur de taxi dit que nous sommes arrivés. Je lui dis *spassiba*,

Il répond *merci*[1].

J'ai frappé à la porte. Ils ne m'attendaient pas. Ils me parlaient en russe, puis en anglais, puis en français. Ils m'ont demandé ce que je voulais. Ils

1. En français dans le texte.

ne m'ont pas laissée entrer avant que j'aie pu m'expliquer. Pendant ce temps, j'ai pu jeter un coup d'œil depuis l'entrée. Ils ont fini par m'accepter. J'ai ôté mes chaussures pour marcher sur le tapis persan. Mes pieds nus ont traversé la route de velours pour m'amener jusqu'à ma mère. Ils ne buvaient pas le thé d'un samovar. Ils regardaient la télé et mangeaient des hamburgers, buvaient du Coca-Cola. Ma mère buvait son thé assise sur le canapé, c'était le seul visage familier dans la pièce. Elle m'a tendu sa tasse. Elle n'était pas différente des autres Cubaines : elle me ressemble tellement ! L'émotion naît du mystère. Quelle douleur !

Je la revoyais, jeune et belle, dans ce tableau hyperréaliste du musée des Beaux-Arts où on la découvre allongée dans l'herbe. Les années l'ont transformée, bien qu'elle soit intacte sur le tableau. Ses yeux noirs me demandaient qui j'étais et ce que je lui voulais. Je n'ai pas éprouvé d'amour. J'ai senti que je récupérais le moment, l'assurance de rester ensemble dans un endroit secret.

Aujourd'hui, c'est le 20 mars. Ils fêtent quelque chose ? Quoi ? Peu importe. Comme dit mon père : « Je suis ici parce que je suis arrivé. »

J'ai embrassé ma mère dans un geste quotidien, son parfum était le mien, Rive Gauche, j'ai vu là comme un petit piège de papa. Je m'assis sur le canapé. J'ai glissé peu à peu comme quelqu'un qui se laisse tomber vers l'impossible. J'ai saisi la commande à distance, baissé le volume, changé de chaîne. Je ne comprenais pas les nouvelles. En fait, je voulais commencer par quelque chose, changer les images, mais on ne peut pas tout changer en un jour.

Ma mère m'a regardée, surprise, perdue comme un oiseau dans un supermarché. Allongée devant elle, et sur le point de m'endormir. La fille aînée. La fille prodigue est à Moscou, à la maison, dans l'une des maisons de sa mère. Un peu plus, et j'atteignais le nirvana, mais je me suis demandé : où peut bien être mon père, maintenant ?

— *Merci*[1], dis-je en goûtant le thé de ma mère.

Quelqu'un est arrivé avec une couverture, nous a installées, j'ai refermé les yeux… et voilà. Je ne me souviens de rien d'autre.

Bonne nuit, cher journal, *merci*[2], Moscou.

Je suis arrivée à Paris, Moscou est restée derrière moi, ma mère attend : avion, train, auto, Saché-CALDER.

Je relis des mails. Je téléphone à La Havane sans obtenir de réponse.

Lettre de Diego.

Bonjour, Nadia,

D'abord, pour te remercier de m'avoir permis de voir les sculptures à Calder avant tout le monde, rester seul dans ce château a été merveilleux.

---

1. En français dans le texte.
2. En français dans le texte.

On dirait que tu as oublié ma venue, par chance on m'a donné les clés et me voici, fouillant dans tes affaires, te reniflant. En regardant tes héros qui se gèlent, s'incendient et fondent inlassablement, presque avant que l'on puisse se remettre d'eux.

Les voir disparaître dans la nuit et réapparaître le lendemain est magique.

Tes assistants travaillent vite. Je t'imagine comme un tyran donnant des ordres. Un petit tyran du socialisme, pour bien dire : un tyran d'un nouveau genre. Je ne t'imagine pas donnant des ordres à quelqu'un.

Être devant les sculptures et, devant eux, la minute avant que les yeux du monde puissent les voir : c'est un véritable privilège et, surtout, un plaisir.

Tu es la femme qui m'a montré le plus de plaisirs. Toucher, regarder, éprouver, sentir, penser. Même te perdre a été agréable.

Ta dernière exposition, « Luxe et pauvreté », m'a tellement plu !, mais là, il s'agit d'une chose supérieure, d'une immense portée. Tu commences à regarder vers le haut et soudain tout t'écrase en spirale. Parmi les visages, les uniformes et le voyage constant au pays de notre mémoire, apparaissent ta mère ou la mienne, ton père ou le mien, et je ne sais pas, tu ne peux simplement pas t'arrêter. Ta tête n'est pas organisée, mais ton subconscient, si. On dirait que dans ces vêtements s'unifient le lyrique et l'épique de toute une nation, d'un endroit qui m'appartient parce que je l'aime comme toi.

Comme c'est bon d'être sans toi et à tes côtés, je jure que je me sens comme lorsque j'atterris à La Havane.

Tu n'étais pas là… ou c'est une plaisanterie ? Tu désirais que la rencontre ait lieu avec l'œuvre et non avec le « drôle d'animal » que tu es et as été pour moi ? Je ne sais pas.

Toujours est-il que je rentre à Mexico sans t'avoir vue, depuis le Paris glacé de mon adolescence, de La Havane ardente de notre enfance. Entre les héros et les tombes je pense à toi… Nadia. Le Mondial approche, tu sais ce que cela signifie pour un journaliste comme moi. Je suis en *chinga* : je suis en guerre, mobilisé. Mais je pars « content et nu » comme a dit quelqu'un que je n'oublie pas.

Je t'embrasse ; merci pour le lit vide, immense. Merci pour « le thé et la sympathie » de ton absence. Elle me plaît de plus en plus.

À toi,

Diego

P.-S. : Mon père ne se rappelle pas quand il a vu ta mère pour la dernière fois. Je suis désolé. Je crois qu'il vaut mieux qu'il oublie.

Mon Dieu ! J'ai oublié Diego à Paris. Il m'a écrit et, presque endormie, je lui ai envoyé mes coordonnées pour qu'il passe quelques jours avec moi. Ce n'est pas possible. Ma mère ! ma vie ! Ma tête ne peut contenir tout cela. Je tombe. J'essaie de me rappeler la chanson qu'aimait Diego quand nous avions neuf ans. Attends… je l'ai ici.

Je vais à l'ordinateur pour l'ajouter à mon éternelle émission de radio. Je la lui envoie en cadeau. Un bout d'émission pour Diego. Un bout d'œuvre sonore. Un fragment pour racheter ma négligence. La radio aide les solitaires, les insomniaques. Dans leur léthargie, ils écoutent une voix, un accent ou une mélodie qui fait naître un sentiment. La paperasserie furieuse de nos têtes tournant en cercle, voyageant la nuit, résistant au sommeil.

Une émission pour Diego

Bonsoir, Diego : cette émission est pour toi. Juste pour toi. J'ai enfin trouvé maman. J'ai dû filer avant ton arrivée. Je n'ai pas attendu pour rien. Je n'ai pas eu le temps de réfléchir. Je suis partie dès que j'ai pu. J'ai emporté les habits et la carte de son visage dans ma tête d'étourdie. Avant de t'en dire plus, je vais t'offrir cette chanson. À neuf ans, nous la chantions dans la cabine de la radio où nous faisions : « Bonjour, les petits amis. » Tout le monde riait de la façon dont tu essayais de dissimuler ton accent mexicain pour parler dans les micros officiels. Tu te souviens de cet air ? « La laideur », de Teresita Fernández.

Ce qui est laid
mets-y un peu d'amour
et tu verras que la tristesse
et tu verras que la tristesse
change de couleur.

Cher Diego : quand je suis allée à Moscou, rien de ce que j'ai vu ne m'a particulièrement émue, c'était comme si je m'attendais déjà à tout cela. La seule chose qui soit parvenue à me secouer a été le visage terrifié de ma mère. Cher Diego, je te jure que la retrouver a signifié me perdre. Je dois rentrer à la maison en lui tenant la main. Je dois la guider. Elle a quitté son corps. Elle dit des choses incohérentes, elle délire. Son esprit s'est caché quelque part dans l'obscurité, il y est plongé et je ne le trouve pas. C'est curieux, parfois elles sont pertinentes ses absurdités, mais je sais qu'elle n'est plus la femme que nous avons vue pour la dernière fois lorsque nous avions dix ans.

Tu te souviens quand elle dirigeait nos programmes pour la jeunesse derrière la console du son, en parlant comme un perroquet derrière son micro ?

Ce n'est plus la même. Nous sommes allées ensemble au musée Pouchkine, mais elle ne regardait pas les œuvres et cela m'a perturbée dès que l'on a eu traversé la première salle. Je n'ai rien noté dans mon journal. Je l'ai trouvée nerveuse, fuyante, voyageant loin du regard.

La file d'attente était immense, puis j'ai compris qu'il y avait en fait deux files et que la plus longue était pour une exposition sur Coco Chanel. Ça tombait bien, maintenant *mami* s'habille en Chanel. Je veux la rapatrier à Cuba pour des raisons que tu comprendras, mais je ne l'imagine pas dans cette tenue dans les rues de La Havane.

On est entrées au musée, il est spectaculaire, avec des tableaux de Goya, Matisse, Monet, Toulouse-

Lautrec. Je voulais les voir attentivement, mais je les regardais nerveusement tout en guidant maman, je ne voulais pas la perdre dans la foule.

Bon, Diego, je continue à te raconter ce qui s'est passé pendant que tu m'attendais à Calder.

Dans cette émission conçue sur mesure pour toi, parlons du métro moscovite.

Tu sais que les gares ont une décoration très particulière ? Elles sont toutes différentes : elles possèdent des colonnes, de très hauts plafonds, de grands lustres suspendus, des sculptures faisant allusion à l'homme nouveau soviétique. Sans doute en hommage à la campagne, à l'ouvrier, à l'athlète et à Lénine, Lénine, Lénine.

Le Bolchoï et ses environs étaient en réfection, mais j'ai quand même pu voir *La Reine de pique*, inspirée du récit de Pouchkine, sur une musique de Tchaïkovski. On dit que le théâtre est construit sur les eaux de la rivière pour que l'acoustique soit impeccable. Il est situé dans un secteur qui regorge de restaurants très agréables.

Enfin, l'endroit où nous voulions aller quand nous étions enfants. Tu te souviens ?

Mon cher et unique auditeur de la nuit. Tu dois savoir que la place Rouge est un rectangle aux dimensions immenses. D'une part, le Kremlin avec ses multiples bâtiments, palais et églises, surplombé par le mausolée de Lénine momifié. De l'autre, s'élève un centre commercial. Un authentique temple du capitalisme ; les *boutiques*[1] les plus chères et sélectes se trouvent dans cette immensité, comme pour faire en sorte que le camarade Lénine se retourne dans son formol.

Dimanche sur la place Rouge ; la queue pour entrer dans le mausolée était infinie, mais je devais la faire. Comment ne pas satisfaire cette éternelle morbidité cubaine ? La nécrophilie de la photo du Che mort que j'ai tant critiquée a commencé à faire son chemin en moi. À la fin, Lénine couché là, et moi dehors, sans pouvoir le voir. Non, non et non.

Mais… nous allons écouter une chanson ensemble et je continue à te raconter, mon cher Diego. Un baiser au milieu de la nuit, sur la FM de ma petite machine à sons.

Tu te rappelles quand on se mettait sous la couverture, à La Havane sous notre petite tente de camping, en s'éclairant avec la lampe ? Je me demande si nous avons un don inné pour le camping. Écoute cet hymne, tu n'as pas oublié les paroles ?

Je suis pionnier de cœur.
Et je camperai avec cette illusion.
Je ferai des nœuds et je camperai […].

Cet hymne des explorateurs me rappelle tellement de souvenirs, Diego. Je ne t'imagine pas en train de conduire dans le DF[2] et en chantant cet

1. En français dans le texte.
2. District Fédéral, abréviation pour Mexico.

air de notre enfance. Encore moins en train de commenter un match de foot lors d'un Mondial et de dire : « Un ciel bleu et un rond, le dessin d'un enfant. » Nous sommes bipolaires. Pendant combien de temps allons-nous résister à ces souvenirs ? Pourrons-nous retenir tout ce que nous avons été ? Mais revenons à Lénine.

Le moment tragique passa rapidement. Après avoir fait la queue dans le froid, deux heures sans rien à lire – je n'avais sur moi que ce bon Derrida et je ne voulais pas rajouter encore un poids sur la place Rouge. Moi, habituée à ces inconvénients, j'avais les nerfs en pelote. Je regardais, j'observais régulièrement chaque recoin de la place. J'ai ouvert un cahier et fait six esquisses selon des angles différents. Enfin, au moment où j'allais devenir une de mes sculptures de glace, Lénine.

On m'a déshabillée à la porte, on m'a fait payer pour avoir ôté mon manteau. Je me suis retrouvée en sous-vêtements. Je porte des T-shirts pour dormir et de longs collants de *ballet*[1]. Ce fut là le pire, en sous-vêtements, sous la sombre lumière du mausolée : moi, qui n'enlève même pas mon manteau pour aller aux toilettes. Je n'ai pas leur culture du froid, c'était Moi, Nadia, la réplique de la veuve de Lénine, en sous-vêtements, qui tournais comme un papillon sorcière autour du spectre. On m'a aussi dépouillée de mon téléphone portable, et même de ma pudeur. Le « dépouillement » se déroula très

1. En français dans le texte.

mal. Des cris dans un anglais incompréhensible et des hurlements dans un russe dramatique et mobilisateur. Mais ça, mon cher, j'y suis habituée.

Aïe, Diego : c'est tellement bon de se plaindre sur ta radio indépendante des choses dont on ne peut pas se plaindre dans sa propre émission ! Quel soulagement !

Cher Diego : je ne t'ai pas encore demandé si tu étais allé là-bas. Le rituel : entrer, circuler autour de la momie jaune, on ne peut pas s'arrêter, ni rester longtemps à regarder. Au moment où il semblait que Vladimir allait m'adresser un clin d'œil en me disant : « Nadechda, mon épouse, fais-moi sortir d'ici, ils m'ont suffisamment exhibé ! », ce fut moi que l'on expulsa en me poussant.

Avoir rêvé toute la vie de ce spectre. Il était tel que nous l'imaginions dans l'enfance.

J'ai toujours eu peur du visage de Lénine. Il apparaissait chaque nuit dans mes cauchemars. J'adorais sentir le frisson de la peur. Maintenant, je suis vraiment terrifiée. Il y a une différence entre l'imaginer là et le voir allongé pour l'éternité.

Au bout du voyage, au moment des adieux, j'ai parlé au mari de ma mère. Elle souffre d'une grave détérioration du système nerveux central. C'est peut-être Alzheimer, mais ils n'en sont pas sûrs. Le Russe veut s'en débarrasser. Il me la rend avec les papiers et tout.

Diego, tu crois que je dois la faire revenir à Cuba ? Ses enfants adoptifs ne parviennent pas à communiquer avec elle. Elle est une charge pour tous. Ils l'abandonnent comme elle nous a abandonnés un jour. Retour au point de départ. Je compare hier et aujourd'hui et je ne parviens pas à la comprendre. Si elle fuyait une chose aussi terrible, pourquoi m'y a-t-elle laissée ?

Il faut veiller sur elle, elle est très maigre et pleure tout le temps. Elle dit des choses incohérentes et ne parle qu'en espagnol. Elle ne me reconnaît pas. Je suis sans racines. Sans passé. Sans foyer. C'est comme si on me tirait par-derrière, en s'accrochant à mon manteau, pendant que j'essaie d'avancer.

Je veux que tu me racontes si tu es allé en Russie. Je veux que tu me racontes les souvenirs que tu as de moi. Comment étais-je la première fois que nous nous sommes vus ? J'ai perdu cette journée dans ma tête. Je ne sais pas d'où je viens.

Je désire adopter ma mère. Je vais clore mon propre cercle.

Écoute… n'oublie pas que cette émission est la tienne et seulement la tienne. Voici cette chanson que ton père adorait. C'est Vicente Feliu qui la chante. Tu te souviens ?

> […] *crois-moi,*
> *quand je partirai et te nommerai dans l'après-midi*
> *en voyageant dans un nuage de tes heures,*
> *quand je t'inclurai parmi mes monuments.*

Crois-moi,
quand je te dirai que je pars avec le vent
pour une raison qui ne permet pas l'attente,
quand je te dirai : je ne suis pas le printemps,
mais une planche sur une mer violente. […]

Au revoir, Diego, excuse ma chanson hyperréaliste, j'espère que tu t'en souviens et que tu dors bien avec moi. Un baiser sur la joue et à la prochaine, ici, ou cheminant dans ce monde.

Rappelle-toi que tu viens de passer… « UNE AUBE AVEC PERSONNE ».

Lettre de Diego que j'ai collée dans mon journal rouge

Nadia, ma petite : quelle belle émission tu m'as envoyée. Je ne sais comment te remercier depuis ma solitude. Bien sûr, les souvenirs de la radio me reviennent. Cuba est merveilleuse, sa musique et sa lumière suffisent à effacer les mauvais moments. J'admire ta force de caractère, j'approuve ce que tu fais pour ta mère et je me demande si je ne peux pas faire plus pour papa. Maintenant, je sais que notre génération est foutue, comme la mémoire de nos parents.

J'ai beaucoup de choses à te raconter sur toi, mais je voudrais le faire en tête à tête. Je ne perds pas cet espoir, même si tu me plantes toujours.

Ta première image, je l'ai perdue aussi. Je me rappelle les jambes bien tournées de ta mère. Sa main te conduisait au ras du sol dans tes petits vêtements noirs. Je n'ai plus jamais vu de fillette de neuf ans portant un vêtement noir de deuil. Seul quelqu'un comme elle pouvait concevoir ça pour une petite fille aux yeux lumineux. Bien sûr, il s'agissait de manque et d'urgence, mais il était surprenant de voir si tôt cette couleur sur ton corps.

Je ferme les yeux.

Je te vois manger des céréales en buvant du lait concentré devant la télévision, chez moi. Tu m'as dit ce jour-là que, chez toi, vous ne l'aviez pas.

Tu défiles avec moi dans un orchestre juste devant les hommes. Tu étais la « plus jeune qui tenait la baguette », tu marchais en tête, tes cheveux très courts, tu agitais en rythme tes petites fesses cubaines. Tu me prenais la main quand tu ne la mettais pas à la taille. Tu marchais, sérieuse, en regardant plus loin, dans la direction que prenait le défilé.

Je n'oublie pas le jour où tu as chanté l'hymne mexicain pour mon anniversaire, mais tu confondais les mots, tu disais des choses très étranges. Je n'ai jamais su d'où tu avais sorti cette version.

Le jour où on distribuait les jouets : basique / non basique / dirigé.

Ta mère n'avait pas pu arriver à temps à la boutique et on n'a pas autorisé mon père à entrer avec toi. Tu as perdu ton tour. Je me rappelle ton visage quand tu m'as vu avec ma caisse de jouets tout neufs. Et toi sans rien, le regard désespéré. Puis nous avons joué à « Ballon et foot ». Moi avec des jouets, et toi sans rien. Je me sens encore coupable, c'étaient des jouets pour les Cubains, et j'étais un étranger. Tu m'as appris à manier la batte. Tu jouais comme un homme très viril sur le terrain. Il y a deux choses que je n'ai jamais comprises :

Pourquoi es-tu si féminine, si coquette, si belle et, à la fois, si ferme et tenace ?

Où étaient tes parents ?

Tu étais la seule petite fille cubaine à se baigner presque nue dans la mer. J'adorais te voir juste avec le bas de ton bikini.

Le jour de mon départ, tu m'as dit :

— Je serai toujours ta fiancée, peut-être la mère de tes enfants.

Tu m'as embrassé sur la bouche, morte de rire, et tu es partie en marchant lentement vers la maison de ton père, juste en face de la nôtre. Tu n'as pas dit au revoir. Ta mère arpentait déjà le monde et ton père était une ombre qui tentait de veiller sur toi.

Puis nous nous sommes revus, mais nous n'étions plus aussi jeunes. Ce fut mon grand moment avec toi.

Je suis allé en Russie. Je n'ai pas voulu voir Lénine. Je n'aime pas revenir vers le passé. Seul ton corps m'oblige à revenir.

Je n'oublie pas le sujet « mère ».

Aujourd'hui, c'est trop pour moi.

Je t'appelle demain, je préfère entendre ta voix. Allume ton téléphone, s'il te plaît, Cubaine.

Tu sais que je t'adore.

Diego

Je ne vais pas répondre à tes appels, Diego.

Ma famille s'éteint et il ne me reste que toi. Ma mère est un puzzle, la mémoire en miettes d'une intelligence brisée.

Papi est même programmé dans des rétrospectives sur des auteurs décédés du cinéma latino-américain. C'est mon père qui agonise.

Je marche parmi les morts, j'avance dans mes projets avec des bottes de guerre et le peu de courage qu'il me reste pour continuer à y travailler.

Tu es la seule personne constante de ma vie. Je courrais vers toi pour te demander en mariage. Une fois convaincus, nous vivrions heureux et en paix. Une chose est claire : je ne souhaite pas être heureuse avant d'arriver au bout du cycle qui, je le sais, s'achève sur la mort de mes parents.

Je ne peux pas répondre à tes appels. Ni te voir. Sinon je quitterais tout pour devenir une femme normale. À tes côtés, j'ai toujours pu oublier mes traumatismes. Vivre avec toi, ce serait ne plus avoir de prétexte ni pour se plaindre ni pour désobéir. Ce n'est pas le moment.

Nadia

P.-S. : Aujourd'hui, c'est le 4 avril, le jour des Pionniers.

Lettre de Diego
dans mon journal rouge

6 avril, Mexico, DF

Nadia,

Arrête d'idéaliser tes projets et ton existence ; ton aspiration essentielle est l'harmonie. Nous, les Juifs, nous chantons toujours ce que nous n'avons jamais eu : *shalom*, paix. Dans un schéma catholique où ce qui compte n'est pas la vie terrestre mais ce qui suit, peu importe. Dans un environnement bouddhiste, où nous accomplissons simplement les formalités d'une et de nos innombrables vies, ça ne pose pas de problème non plus. Si l'on sort de ces conceptions, la réalité est que notre vie n'a pas de sens, nous souhaitons que ceux qui nous ont succédé accèdent à la plénitude.

S'il te plaît, ma fille-sœur-femme-*alebrije*[1], sois heureuse comme tu voudras, mais sois heureuse.

Quand nous t'avons connue, notre présence à Cuba à mon père et à moi avait un rapport avec la

---

1. Figurine mexicaine en papier mâché ou en bois représentant un animal.

mort de Trotski. Pire, avec l'assassinat de Trotski. Je n'ai jamais voulu savoir de quoi il s'agissait, mais mon père ne connaît pas la paix, et je ne souhaite pas le suivre dans sa schizophrénie.

Nadia : je ne comprends pas ton attachement à la souffrance. Elle te défait et t'abat, n'es-tu plus l'héroïne que j'ai connue ?

Les guerres dans lesquelles tu t'enrôles ne t'appartiennent pas, ni les tiennes ni celles de nos parents. Il faut choisir les batailles, même si les divers *establishments* insistent pour dire que, effectivement, la croisade en cours nous implique et que nous devons être reconnaissants de tous les litres de sang versés.

Il faut choisir les ennemis avec leurs guerres. Crains plus ta tête que ton nom.

Petite Nadia. Merci pour ton émission de radio, je l'écoute tous les jours avant de m'endormir. Tu as deviné mes insomnies. Tu es ma berceuse. J'ai de sérieux problèmes de sommeil ; à cette heure de l'aube, les vieux fantômes hérités viennent également me rendre visite. Je ne les laisse pas passer et l'effort m'empêche de dormir. Ça m'ennuie de t'avouer que j'ai été lâche. Il ne me semble pas prudent de mentir sur ce genre de sujet.

Croiras-tu cet aveu : je n'ai plus jamais dit « je t'aime ». Juste à toi, juste à La Havane, juste avec toi.

Oui, en retournant sur ton île, j'ai vu que la moitié de Cuba avait changé : que reste-t-il, l'illusion du passé ?

Ta mère a dit un jour quelque chose que mon père répète souvent. Ça vient d'une légende afro-cubaine : « Le chien a quatre pattes, mais il choisit un seul chemin. »

Quand tu voudras emprunter ce chemin, fais-le-moi savoir.

À toi, toujours,

Diego

LISTE DES AMANTS DE MA MÈRE

Coco
Pablo
Sebastián
Lujo Rojas
Enrique Díaz Caballero
Jorge Maletín
Le *trovador*
L'affûteur de ciseaux
Armando
Nicolás
Waldo
Paolo
Ed
Gabriel
Ernesto
Lama

Cher journal,

Nous sommes le 12 avril et Paris me tue. Je dois compléter cette liste de noms. Il s'agit de conquérir ceux qui peuvent me dire quelque chose sur ma mère, elle-même ne peut guère nous aider.

J'irai voir Paolo ce soir, je choisis des sous-vêtements neufs dans une boutique très originale. Il faudra conquérir chacun d'une façon appropriée. Je n'ai pas l'intention d'abandonner.

Je ferai n'importe quoi pour découvrir comment était maman. Je n'ai plus de scrupules, je les ai laissés à La Havane avant de partir.

Je choisis parmi les cintres. Les dessous noirs me semblent ridicules. Il vaut mieux que j'achète les rouges. J'adore la lingerie, ces créateurs me ravissent. Ils parlent sur le corps, s'expriment dans un dialogue fantastique qui voyage entre le nu et la transparence. Je prends deux petites pièces pour faire peur à Paolo B.

Le concierge de l'immeuble prévient Paolo que j'arrive. Il ouvre la porte en pyjama de soie japonaise et il porte un parfum qui inonde la ville.

Les murs sont couverts d'immenses tableaux, dans leur majorité peints par des artistes cubains. Il est impressionnant de voir un Servando gigantesque à Paris. Un Amelia Peláez éclairé par des hallogènes. Le Portocarrero vibre sur ces murs, il sonne comme s'il émettait de la musique. Un petit essai sur un taureau de Picasso. Une marine de Romañach, un morceau de Varadero accroché dans un coin de ce mur, humide comme s'il venait de pleuvoir. Sur une glace, un graffiti : « Tu aimes toujours les femmes blessées ? / J'ignorais qu'il en existait d'autres », Philip Roth.

Paolo B. entre avec un verre du vin qu'aime ma mère.

Pas de musique.

Le léger bruit du déshumidificateur et quelque chose qu'on prépare à la cuisine.

— Tu rentres ? Comment va-t-elle ?

— Je viens à cause d'une liste.

— Une liste de personnes qui peuvent la retrouver ?

— Je l'ai retrouvée. Maintenant, j'ai besoin de savoir qui elle est.

Paolo essaie de m'ôter mon manteau, mais je ne le laisse pas faire. J'ai une surprise pour lui. Il me regarde comme un vieux loup qui flaire sa proie. Je joue à la mauvaise fille. C'est un accord silencieux, ce qui va arriver arrivera dès que mon corps se débarrassera de sa peau artificielle. Je ne peux pas croire ce que je vais faire mais cela m'amuse beaucoup.

— Laisse-moi voir ta liste. Je pourrai peut-être la compléter.

— Qu'y a-t-il à dîner ?

— Des choses cultes pour ta génération, ma petite Cubaine : purée Saint-Germain, *omelette* au fromage, riz blanc avec une banane dans un coin de l'assiette.

— Pois chiches, omelette, riz et bananes, comme à la meilleure époque de l'école à la campagne.

— Les employés viennent de partir, si tu veux manger autre chose, tu vas devoir te le préparer toute seule.

J'ôte mon manteau d'un coup et fais un saut périlleux jusqu'au tableau de Servando, ah ! et sans rien casser.

Je me rappelle l'époque où je pratiquais la gymnastique à l'école et où mon père exigeait de moi précision et concentration. Les pirouettes étaient calculées, mes rubans russes ne tombaient jamais par terre, j'étais la championne, personne n'a jamais pu me prendre cette place. Je compensais les pertes par des médailles.

Je fais plusieurs tours, mesurant la pièce avec les jambes, j'atteins les limites de l'exercice. Des pirouettes que j'exécute à ras des vases et objets raffinés, chargés, qui encombrent le séjour de Paolo.

Il pensait me voir nue, il pensait que c'était pour ça que je n'ôtais pas mon manteau. Mais je suis plus habillée qu'un général pour la parade.

Maintenant je suis en l'air, touchant peut-être les hallogènes, en équilibre avec la nuit, accrochée aux tuyaux du chauffage, comme une guenon de cirque tentant un triple saut périlleux avant d'atterrir dans ses bras.

J'arrive vivement à sa bouche et le mords au lieu de l'embrasser. Paolo n'en revient pas de cette *performance*. Nous savons que tout cela est une manœuvre : mouvements de statique et de dynamique programmés artificiellement. Gymnastique artistique. Personne ne ment mieux qu'un Cubain dans cette situation. J'ai l'impression d'entendre de ses lèvres : « Mens-moi encore ».

Je porte un uniforme complet, il scrute mes cuisses fortes, mes jambes musclées et fermes, de ses yeux rouges de colère. Je suis une pionnière avec un foulard et tout. Une pionnière communiste dans cette maison ! Mais qu'est-ce que c'est que ça ? Soudain je suis dans sa bouche, je l'embrasse froidement et lentement, de façon brute, comme cela plaît à ce genre de spécialistes. Bien maladroite pour pouvoir ensuite être instruite. Ils veulent nous éduquer, nous devons les laisser faire. Je le sais par cœur, ma liste est pleine de dictateurs, j'aime les dictateurs au lit. Pourquoi le nier dans cette situation d'apesanteur.

Nous faisons l'amour debout, contre la vitre qui porte une inscription. La pionnière reste habillée malgré tout. Paolo est un expert pour ôter les sous-vêtements et m'étouffe presque avec mon foulard tout en me pénétrant à plusieurs reprises. Je piétine la lampe dans le coin et cela n'a pas d'importance, elle peut être de chez Tiffany's, cela ne fait rien, tout ce que je détruis est bien peu en comparaison de ce que je fais à ma mère.

Paolo me porte sur ses épaules et me jette sur le canapé. Il met mon uniforme en pièces, mon cœur bat la chamade, même là l'acte de déchirer est terrible pour moi, il s'agit de mes vêtements de l'école. Je le frappe fort et grimpe sur lui comme sur la barre fixe, avec l'axe longitudinal de son corps. J'ai toujours voulu être une sportive de l'amour, l'esprit vide et le corps en situation. Le coup de griffe fort, un pan de sa main déchire la robe, cette destruction est si belle et cruelle.

Qu'allons-nous dire à l'école demain ? pensai-je, terrifiée et frénétique. Fin du mythe.

J'adore dompter le vieux lion. En sautant ensemble, comme pour nous échapper. En voyageant loin, dans un lieu intermédiaire : ni Cuba, ni la France, ni lui, ni *mami*, ni moi. Un lieu qui nous ressemble, mon sexe l'avale comme une nèfle mûre, je sens Paolo si trempé qu'il me traverse et parvient en un lieu inconnu. Même s'il veut oublier son instinct, sa patrie est son corps.

Je repousse toute femme que j'ai pu être avant avec un autre. Son sexe fait mal, je tremble pendant qu'il me ravage. Il a gagné.

Que je ne me souvienne de rien, qu'il annule les fautes et la peur. Qu'il détruise ce qu'il voudra, je suis la force qui l'attend et vainc en étant détruite. La balle au centre. Diamètre occulte entre mes jambes. Paolo apparaît sous moi, je glisse et meurs de faiblesse, je ne supporte plus le gémissement. Sur la toile.

Mes éclats de rire enfantins gâchent tout. Paolo est l'homme le plus intense que j'aie connu. Maintenant la fureur devient candeur, toute cette eau de mon corps bénit tendrement le Cubain le plus amnésique du monde.

Je suis folle de désir, lui de bonheur. Terrible voyage à Cuba qu'il fait avec moi sur ce canapé. Nous nous frappons et nous caressons. Coups et caresses. Baisers et ardeur. Dur, suave, lent, doux. Un adagio, une sorte de douleur qui se transforme en plaisir jusqu'à l'explosion conjointe. Je sens Paolo comme personne en moi avant lui. Je décide de dormir pendant qu'il sert le repas de l'école aux champs. Plutôt le repas des Champs-Élysées.

Je ne le laisse pas me voir nue. Je lui dis qu'à l'école nous avions une tradition. Faire signer les uniformes avant d'obtenir nos diplômes. Je lui tourne le dos ; je veux qu'il inscrive sur sa chemise blanche les noms des autres amants de ma mère.

Paolo m'arrache ma chemise.

— À mon époque, on se tatouait, on était un peu plus courageux que vous. Ta mère avait une rose des vents dans le dos. Tu veux, ou tu ne veux pas les noms ? profère-t-il sur un ton menaçant, avec un appareil pour repousser et colorer entre les doigts… tatoués d'envie de tout recommencer.

Je reviens à mon désir, toute trempée sur le canapé. J'ignore pourquoi nous avons tant mouillé le tissu. Paolo doit être moins important pour ma mère, mais pour moi il l'est trop. Il semble que, dans les années soixante, le sexe était dur. Est-ce pour cela que je suis née comme ça ? Bref... J'attends qu'il aille à la cuisine, je mets mon manteau et écris sur la vitre du graffiti, avec mon crayon à lèvres : « La dernière pionnière est venue ici. »

Je tire la porte. Je pars sans la liste. Sans dire au revoir.

Cher journal, je rentre à Cuba.

DEUXIÈME PARTIE

Douleur et pardon

L'enfant que tu es voudrait être en sûreté, mais il n'y a aucun endroit où se mettre à l'abri : des dunes, des terres. Appeler au secours – qui ? les cadavres ? – ou se rendre à l'envahisseur. Personne ne t'entend : il n'y a que toi et le djinn qui t'accompagne. Pour l'ennemi tu es un chiffre, le prix d'une idée, et les tiens se défient d'une femme qui voyage seule et ignore leurs préceptes.

Tu marches pieds nus, Leïla, sur les ruines de ta patrie. Y a-t-il quelque chose qui nous unit ?

Ton cheminement dans la nuit.

Jorge VOLPI[1].

1. *Le Jardin dévasté*, traduit par Gabriel Iaculli, Paris, Le Seuil, 2009.

Cuba se trouve à Cuba

Comme Cuba se trouve à Cuba et qu'on ne peut l'emporter ailleurs, j'y reviens. Je reviens enterrer mon père. Ici il y a les tombes et les fleurs ; les théâtres aux noms célèbres et les bijoux perdus dans l'urgence. Les plages pour nager seule, dans la profondeur troublée par le tourbillon de sable, aveuglée par les algues et la poussière remuée par les coquillages.

J'entends les rires de ceux qui ont nagé avec moi jusqu'aux premier et deuxième paliers de mon enfance. Ils ont continué, je reviens, j'insiste, je prends le bain de mer sur ma plage aux souvenirs. « Nous sommes pauvres », disait ma mère quand, à la fin de l'après-midi, j'avais faim sur ces plages, pendant que nous attendions un camion pour rentrer, ou un autobus perdu qui nous reconnaîtrait à la tombée de la nuit. « Nous sommes très pauvres, Nadia. »

Je garde des photos du naufrage, des bibliothèques recouvertes ou nues pendant les vacances de l'éternel été de ma vie. Je suis un été malheureux, fêtes du samedi soir, nuages de confettis, bières oubliées et concerts de la *trova* sur des perrons ou sur le sable noir.

Je suis mon dernier été et le premier parmi beaucoup d'autres sans mon père. Je suis sûre d'une chose : depuis que je connais la neige, j'ai changé. Je suis venue en fuyant le froid et une humidité glacée me reçoit.

Le froid a dépouillé ma peau de cette nudité pérenne et libératrice que la chaleur a posée sur moi comme un don. J'ai oublié de supporter l'ardeur sans plaintes. Maintenant, le rituel consiste à reconquérir le soleil sur ma peau, à oublier la présence exagérée de l'hiver. Voilà ! Ici, la chaleur ne laisse pas trop réfléchir. Maintenant on ne transpire plus, le nord emporte des pans du Malecón[1] et c'est tout le froid que nous recevons. C'est La Havane. Elle est comme ça. Comme elle me résiste !

Je ne la comprends pas à travers mon projecteur russe. C'est La Havane, elle se regarde et entre de face. On ne joue pas avec ça.

De l'aéroport à l'hôpital, toute la nuit dans l'attente de la mort de mon père, puis, à l'aube, au musée. À chaque retour, je vais à la salle d'art contemporain afin de prier pour ceux qui ne sont plus là.

C'est La Havane. Mudéjar[2], néoclassique, *art*

---

1. Longue promenade maritime de La Havane.
2. Art chrétien influencé par l'art musulman dans l'Espagne de la Reconquista (XIIe-XVIe).

nouveau[1], elle résiste et permet encore de voir les restes d'une architecture qui ne se laisse pas définir. Voilà La Havane. Pour l'oncle Matt, le voyageur est une ruine, une ville conquise par les gens d'Oriente, non par les Chinois ou les Indiens, mais par les habitants d'Oriente, berceau du *son*. Pour d'autres, un théâtre en plein soleil, ou une clinique gériatrique ; pour moi, c'est un musée où je viens récupérer ce qu'il nous reste.

L'hôpital a des vitres fumées. Le sel recouvre la vision de la mer grisâtre. Comme il avance ! D'ici, on voit qu'il ne pardonne pas ; il récupère les fragments qu'on lui a ôtés un jour.

18 AVRIL

Comme dans tout bon drame, mon père m'attendait pour mourir.

Je pleure pour qu'il pense que j'ai saisi. Je ne comprends pas ; en fait cela ressemble à une conspiration contre moi, il n'est pas possible qu'il ne me reste personne de lucide. L'infirmière m'entend en parler à un psychiatre ami de mon père. Elle interrompt la discussion pendant qu'elle lui injecte la morphine.

— Oublie ça, petite, me conseille-t-elle. Ils vont te rendre folle.

1. En français dans le texte.

Comme dit la poétesse Reina María : « Ils vont me rendre folle, oui, comme ils le voulaient tous. »

Comment veulent-ils que j'oublie ? Le pays tout entier s'est-il réuni en assemblée pour oublier ? Je n'ai peut-être pas été prévenue et je suis démunie. On oublie les malades un peu avant de les enterrer. L'exercice consiste à s'évader. Ils se préparent à cette indifférence.

Je descends dans le hall de l'hôpital. Lujo Rojas attend le bulletin de santé de dix-neuf heures. (Lujo est la véritable veuve de mon père.)

Maintenant tout dépend de la morphine, des reins et de la partie d'échecs que mon père voudra jouer. Mon père est bisexuel et il peut même séduire la mort. Il a toujours cherché à envoûter tout le monde, à tout moment. Lujo était son amant. Il est parti dans les années soixante-dix ; mon père et moi habitons dans sa maison encore aujourd'hui.

Il est venu il y a deux mois pour l'émission en hommage à sa mère défunte, une célèbre présentatrice de télévision. Ce pays est un cimetière. Maintenant, l'ex-amant de mon père fait tout ce qu'il peut pour rester à Cuba. Il est revenu et souhaite résister, il n'a pas d'autre endroit au monde. « Le luxe[1] est rouge », c'est sa célèbre maxime, je n'ai jamais compris les dessous du slogan.

---

1. Jeu de mots entre le personnage, « Lujo Rojas », et « lujo rojo » qui signifie « luxe rouge ».

Lujo a hérité de sa mère une grande maison au bord de la mer, face au Malecón, de celles dont on se demande : qui part vivre ici avec tout ce salpêtre ? Quand mon père mourra, j'irai résister au sel avec lui. Lujo est la face éclairée de mes parents. Le troisième pied de la table. Hors de Cuba, il n'a pas su organiser sa vieillesse, mais ici, il a planifié jusqu'à ma naissance. Quelle horreur !

Maintenant nous allons nous mettre d'accord. Il va se procurer une autorisation de séjour de trois mois au moins pour ma mère, après je ne sais pas. La bureaucratie me tue et il a déjà avancé sur ce chemin du retour. Nous savons que mon père ne mourra pas sans dire ce qu'il souhaite à chacun. Il faut attendre une petite amélioration, l'écouter et le laisser partir. Comme Lujo le connaît bien !

C'est La Havane. C'est Lujo. Nous sommes enfin rentrés tous les deux. Les choses peuvent commencer à changer. Même si c'est en moins bien, au moins ce sera un changement.

Mon pays : mon musée personnel

Mon pays pose pour le monde depuis bien avant ma naissance.

J'emmène Lujo dans la salle d'art contemporain du musée des Beaux-Arts. (Les années quatre-vingt et quatre-vingt-dix.) Lujo est peintre. Il a inauguré le pop art à Cuba et ici il a été plus longtemps interdit que Celia Cruz ; mais il a été exposé au musée. Conservés sous clé, plusieurs peintres : Lujo, Julio – mon premier amour –, ma mère allongée sur l'herbe et… Tout ce qui a été vivant pour eux deux peut être exposé au musée.

— Quel âge as-tu, Nadia ? Tu as l'air d'une vieille quand tu regrettes, quand tu te plains, quand tu parles… Tout ce qui m'arrive t'arrive, avec ce visage de « petite fille chérie ».

Nous faisons le parcours du passé des choses, des gens, des lieux. Lujo veut savoir si mes parents m'ont bien préparée. Il m'interroge sur Pedro Martínez et ses eaux territoriales, sur *Estadística*, de Tania Bruguera, tissé avec les cheveux de cette intervention que nous avons traversée en brandissant des drapeaux. Les dalles de la salle de bains qu'a refaite Alejandro Aguilera tout en tapissant le mot « révolution » avec des fragments de sa propre maison et de son corps. L'arc de l'instrument ouvrier que tire René Francisco de la peinture à l'huile. Les plans russes et emblématiques de Glexis Novoa. La main sacrée d'Elso, les hommes isolés de Bedia, et le vide sur les murs blancs de ceux qui vont arriver, comme un boomerang, en forme d'île.

Au milieu de cette « fantaisie rouge », Lujo délire en se voyant parmi les plus jeunes des classiques.

— Tu ne peux pas déjà être exposée au musée ? demande mon nouvel et vieil ami en riant.

— Non, je suis éphémère. Même le MOMA ne peut pas me conserver.

— Bientôt, bientôt. Tu verras, la vie est courte, ma chérie… et tout peut être attrapé, en face, contre un mur. C'est là qu'ils commencent à copier ton style.

Mon pont se situe entre les années quatre-vingt et les années quatre-vingt-dix. Ce sont ces rampes qui me conduisent à patiner d'une décennie à l'autre. J'essaie d'attraper et de conserver les choses que j'ai aimées, c'est pour cela que j'aime les musées et pas les cimetières. L'art d'arrêter, de conserver, de saisir. C'est aussi pour cela que j'aime La Havane : voilà la ville, un musée qui ne s'est pas écroulé au milieu d'une étrange bataille pour préserver sa patine. Mon temps est sépia, ma douleur, salée ; mon odeur est l'huile essentielle de ce vieux parfum de toujours, ces traces (ou restes ?) de Chanel dans des flacons lointains, comme mes propres souvenirs de cet âge indéfini.

Les toiles et les balcons, les sculptures et les bâtiments. Les idées et les mots ; les affiches et les vinyles, les briques et les dentelles. Palimpseste. La vie sous les couches de peinture, entre des lettres cachées que personne ne parvient à faire taire.

Pays, musée personnel, rituels, échos.

Discours funèbre.
La Havane sous les giboulées

JEUDI 20 AVRIL

Nous n'étions pas à Paris sous les giboulées, mais giboulées était le meilleur mot pour définir ce qui me tombait sur la tête. Le son qui me martelait les tempes, le corps et la stature. Le camarade chargé, dans mon pays, du baromètre du succès à l'Institut du cinéma, ce personnage mélancolique et fuyant, à l'accent belge et au sourire dictatorial, dit plusieurs choses sur mon père.

Je ne comprends pas pourquoi ce n'est pas l'un de ses photographes qui s'en est chargé, ou Lujo lui-même. Je ne sais pas. Bref. Il semble que je ne sois pas faite pour comprendre mais pour éprouver de la colère, toute la colère du monde dans cet enterrement de mauvais goût.

Tribune. Haut-parleurs. Le cirque de la mort. À nouveau le cirque de la mort. Je déteste le sens collectif de la mort. Mais ici, tout est collectif. Je ne sais pas si le sexe est toujours possible ici, entre deux personnes ; en réalité, j'ai souvent fait l'amour au milieu de lits superposés occupés, dans le bruit de gens qui parlaient, chantaient, en me dépêchant. J'ouvre le parapluie gris de Lujo Rojas, qui n'arrête pas de pleurer et d'exprimer une douleur que j'ignorais. Encore un qui aime distribuer et recevoir la douleur (de et envers) le prochain. Je ne le supporte pas. Je vois des gens qui aiment ou ont beaucoup aimé mon père, des êtres qui adorent se pencher sur la tragédie des autres. Tant que je ne serai pas arrivée à la maison, je ne pourrai pas savoir comment je me sens. Quelle stupidité d'écouter l'apologie de mon père mort, alors que nous savons tous que, de son vivant, on l'a condamné au mutisme ! Je n'ai pas non plus le courage de lui dire de se taire.

Je pleure de ne pas pleurer. Ma réaction est de m'échapper. Je vous laisse, je m'en vais. Peu m'importe que leurs regards glissent sur mon dos. Ici, personne ne peut me consoler. Je m'éloigne mais m'approche de mon père, je marche sur l'herbe humide du blanc cimetière de Colón et je repense au nombre de fois où il a tourné dans cet endroit. Je me plonge dans sa tragédie de cristaux Lalique et marbres de Carrare de l'aristocratie cubaine.

Avec cette mort s'achève ce qui a commencé dans le patrimoine détesté de mes grands-parents paternels, dans cet infini socialisme qui les a séparés de mon père, et nous atterrissons, sur la vitre triste et chère de leurs tombes. Après avoir repoussé ce qui venait de leurs mains, maintenant nous acceptons ce dernier cadeau, et, sur eux, nous allons directement, on nous enterre dans leurs élégants panthéons.

Même si la vie était humble et misérable, le peu qui nous reste est ici, dans la mort opulente. Nous finirons par nous retrouver au même endroit fastueux. J'entre dans le promontoire d'un panthéon usurpé. Os, tessons de verre, escargots, romarin, mauvaises herbes. Je vois, je vois, qu'est-ce que tu vois ?

Il manque un bras à un ange.

Il manque une boule de cuivre à un tigre.

Le diadème d'une jeune fille a été brisé, mais elle porte un vase qui contient des fleurs séchées.

La tige en marbre d'une étrange fleur a été restaurée avec du plâtre. Devant elle, un texte confus : « Arturo : nous nous souvenons de toi pour ce que tu as emporté sans rien nous dire. » Mon Dieu !

Je vois, je vois, qu'est-ce que tu vois ?

Saúl qui apparaît sous la pluie. Saúl courant sous la pluie ! ? Il m'étreint comme si tout cela lui était douloureux. Mais que fait Saúl ici, lui qui vit à Barcelone ? C'est un cauchemar.

— Nadia, je me mouille, tu me prêtes un coin de parapluie ?

— Qu'est-ce que tu fais là ? lui demandé-je en l'abritant.

— C'était vrai, ton père était vivant, je ne t'ai jamais crue. Ton père était un grand cinéaste. J'ai vu son œuvre.

— Mais depuis quand es-tu à Cuba ? Qu'est-ce que c'est que ça ?

— Je suis venu prendre des photos de la place de la Révolution, après les défilés. Une fondation m'a donné de l'argent pour que j'apporte des restes de drapeaux et d'affiches. Ah ! le documentaire de ton père sur les symboles politiques cubains est très bon. Quelle vision du cirque des années soixante-dix avait ce monsieur !

— Dégage, Saúl. Fais-moi le plaisir de sortir de sous ce parapluie, l'opportunisme est contagieux. Sors de sous ce parapluie, ou je t'enterre vivant dans la tombe des comtes de Pozos Dulces. Va-t'en, va-t'en et respecte, c'est un cirque, oui, mais c'est le mien… Maintenant tu viens boire l'eau qui te semble trouble. Mouille-toi, putain. Mouille-toi car ceci est Cuba et ici il pleut vraiment, ce n'est pas la bruine qui te rend malade. Ici, un éclair va te tuer pour ta médiocrité. Mouille-toi avec tout ce qui m'a fait grandir, baigne-toi dans les giboulées pour voir si tu deviens un homme. Pourvu que tu te noies en photographiant les drapeaux. Quelle lâcheté ! Va-t'en, Saúl, tu ne me connais pas…

Je lui tourne le dos et me perds parmi d'autres tombes. C'est pathétique. Mon père ne mérite pas ça mais je l'ai permis, je ne supporte pas les institutions, les cyniques et la folie. Ici, même votre douleur ne vous appartient pas. Qu'est-ce que j'attends ? Je vais à la maison.

Comme la pluie redouble et nous noie presque, de nombreux acteurs du spectacle qui a été monté pour mon père se dispersent. Le vent brasse les voix que j'entends au loin : « Pardon. Interdit. Courage. Hardiesse. Révolution. Réhabilitation. Retour. Rentrer. Paramétrage. Comprendre. Réfléchir. » Toutes les cinq minutes le mot « pardon ». Ces mots me cinglent le visage.

Je m'éloigne de l'imposture de l'esprit du deuil ; en courant jusqu'à la porte du cimetière, le monsieur de l'Institut passe et manque tomber devant moi. Il court comme s'il craignait de rester pris avec les autres. Tout le monde est mort sauf lui.

Cette fin ne règle pas ce qui a été fait à mes parents. Nadia, Nadia, réfléchis un peu, tes parents ne se sont-ils pas laissé infliger tout ça ? La raclée ne peut être un hasard.

Saúl monte dans un taxi tout en prenant deux ou trois photos – floues ? – de ce cimetière avec des grilles. D'abord, il nous repoussait pour le mauvais usage de notre condition politique, maintenant il en profite. Pas un mort de plus. Je ne supporte pas cette veillée funèbre qui s'étend sur mon corps.

23 AVRIL

Lujo et moi, on déménage. Comme deux vieilles, on renifle dans l'ancienne maison, ramassant des photos, des bandes oubliées, des livres recouverts ou nus. On peut enfin pleurer sans témoins.

— Nadia. Ton père n'a pas dit ce qu'il voulait. Il n'en a pas eu le temps.

— Mon père est parti comme ça, c'est tout. Je le connais très bien.

— Ne sois pas cruelle.

— Moi, je le connaissais.

— Moi aussi.

— D'où le connaissais-tu tant, mon garçon ?

Nous partîmes d'un éclat de rire, pleurâmes ensemble et ouvrîmes une bouteille de vin. Il me raconta comment il rendait mon père et ma mère amoureux, sinon, ma mère n'aurait pas été d'accord avec cette union. Mon Dieu, quel étrange couple ! Quel étrange trio ! En fait, le mariage de mes parents a été un arrangement pour que l'un des deux puisse finir l'École nationale d'art, un pacte qui est devenu amour. On l'avait renvoyée, mais quelqu'un devait obtenir son diplôme. Je suis épuisée. Nous avons trop travaillé.

Je suis contente d'être restée chez Lujo. La nouvelle maison est merveilleuse. Nous allumons des bougies pour le *glamour* car les coupures d'électricité ne sont plus à la mode.

« Heureusement que je ne suis pas seule, j'ai le thé et la sympathie. »

Merci, papa, Lujo est adorable. Repose en paix. Je te libère de moi, tu le mérites, dis-je le soir, après que nous nous sommes installés devant le Malecón.

Paroles contre l'oubli

(Lujo et moi avons reconstitué l'émission de Mami avec ses deux « célèbres » animateurs. Chacun essaie de jouer le rôle de l'autre. Sujet : le souvenir de ma mère.)

LUJO : Que te rappelles-tu de ta mère ?

NADIA : Que te rappelles-tu ?

LUJO : Toi d'abord, moi après, allez.

NADIA : Je me rappelle sa main sur ma tête, cherchant les poux avant que je parte à l'école. Je n'arrivais jamais à l'heure pour le rassemblement du matin parce que ma mère dormait. J'arrivais pendant la récréation. Quelle honte ! Un premier septembre, on nous a punies (nous étions six) et, comme j'étais la meneuse, on a exigé que je me présente avec ma mère le lendemain. Mais elle, elle n'a pas voulu. Elle détestait entendre des récriminations. Qui plus est au sujet de sa fille.

« Dis à la maîtresse que ta maman a dit que tu étais orpheline » a-t-elle fait alors. Je n'oublierai jamais la tête de la directrice, car personne ne pouvait comprendre ça.

LUJO : Moi, je me rappelle le jour où son animatrice n'était pas venue et où ta mère est restée avec moi pour la remplacer à Radio Reloj. Elle et moi annonçant sérieusement ces nouvelles insensées, l'une après l'autre. Alors, à demi endormie, elle a dit : « Aujourd'hui mercredi 20 mars 1978, 6 h 30 du matin. Merde, aujourd'hui c'est mon anniversaire ! » Là, elle s'est réveillée, morte de rire. On nous a envoyés tous les deux au diable.

NADIA : Lujo, mais ma mère est bien ma mère ? demandai-je avec ironie. On ne va pas me dire que j'ai été recueillie dans une poubelle ou par l'Assistance publique.

LUJO : Ce que tu es méchante ! Bien sûr, qu'elle est ta mère.

NADIA : Je me rappelle le jour où sa folle de présentatrice, Alina, a dit en cours d'émission : « María *la Noire* sur les côtes de l'Angola », au lieu de : « Marée noire sur les côtes de l'Angola ».

LUJO : Le meilleur coup qu'elle ait fait, c'est le jour où elle est arrivée au studio en disant : « Eh, les copains, j'ai le disque du *Concerto d'Aranjuez* joué par Aranjuez en personne. » Ta mère ne savait pas si elle devait en rire ou la retirer de l'émission, et elle lui a demandé, très sérieusement : « Et de quel instrument est-ce qu'il joue ? » Alina, comme hors d'elle, lui a répondu : « De quoi veux-tu qu'il joue, ma chérie ? Du piano. » *(Rires.)*

NADIA : Alina était bête, mais *mami* très étourdie, elle lisait et elle oubliait les virgules. Elle sautait des lettres. Un jour, on animait toutes les deux l'émission pour enfants et elle devait raconter l'histoire de Blanche-Neige. *Mami* essayait de lire mais elle n'avait pas ses lunettes et elle a dit : « Il était une fois un couple sans yeux. » Elle devait dire sans enfants[1]. *(Rires.)*

LUJO : Tu te souviens de « Les jeunes filles de La Havane ont plus de cinq cents ans », au lieu de « Les murailles de La Havane »[2]. Quelle folle ! Nadia, la dernière fois que je t'ai vue, c'était dans un bar-cafétéria qui s'appelait La Cibeles, tu avais ton uniforme de pionnière. Tu étais toute petite. Le jour s'était levé et ni toi ni nous n'avions dormi, nous avions passé la nuit à veiller comme des *repentistas*[3] ; nous sommes allés boire au bar. Ta mère, qui enregistrait leur musique, ne pouvait les abandonner. L'un des grands improvisateurs cubains était mort.

NADIA : Du Buena Vista Social Club ?

LUJO : À l'époque, c'était Mala Vista[4]... Les petits vieux qui n'avaient pas mangé et s'étaient pissé dessus arrivaient saouls au studio, en demandant de l'argent pour un peu de rhum bon marché ou de l'eau-de-vie. Ta mère, désespérée, leur donnait du café pour les faire tenir et pouvoir les faire

---

1. Jeu de mots entre « ojos », « yeux », et « hijos », « enfants ».

2. Jeu de mots entre « muchachas » et « murallas ».

3. Improvisateurs.

4. Jeu de mots entre « Buena Vista », « Bien Vu », et « Mala Vista », « Mal Vu ».

chanter un par un. Elle, toujours si nerveuse, avec ses cheveux à la *Qui êtes-vous, Polly Magoo* ? C'était l'époque où elle commençait « Paroles contre l'oubli ». Les gens l'appelaient « Paroles contre l'ouïe » car, à la station, personne ne supportait ces chansons démodées. Plus maintenant, le monde entier a découvert ces « martyrs du *son* ». C'est elle qui les a enregistrés. Un joyau pour la phonothèque cubaine. Tu as touché des droits quand ils sont venus te consulter ?

NADIA : Imagine-toi que ma mère a laissé la station s'occuper de ça. Tu sais qu'elle était obsédée par « la postérité ». Oublie la vulgarité du quotidien, si je parvenais à toucher quelque chose je la contredirais et le poids sur ma conscience m'empêcherait de dormir. Et puis mon père et elle ont été deux idiots. Ils ont travaillé pour les autres. Il l'a fait parce qu'il croyait en cette musique, pas pour s'enrichir. Aucun des deux ne voulait d'argent.

LUJO : Tu te souviens du jour où je t'ai sauvée à l'hôtel Pasacaballos ?

NADIA : Non, mais je me souviens de t'avoir vu dans les concours de gymnastique, en train de m'applaudir. Que s'est-il passé à Pasacaballos ?

LUJO : Ta mère, elle venait d'interviewer le président Erich Honecker et elle est allée chercher Ernesto Cardenal à l'hôtel. Le tout le même jour et à deux heures d'intervalle. Dans ce pays, il n'arrive jamais rien, mais quand il arrive quelque chose ça part dans tous les sens. Profitant du soleil, ta mère t'a laissée dans la piscine. Quand elle est arrivée à la station de Cienfuegos, elle m'a dit : « Ah, Lujo, par Marx, par ta mère, la petite est restée à Pasacaballos. » Imagine, Pasacaballos, c'est un peu loin. L'oncle Lujo y est allé pour sauver la petite. Tu étais tranquille, tu nageais seule dans la nuit, comme si tu naviguais sur des eaux noires, tu ressemblais à une fleur de jasmin emportée par le courant, d'un bord à l'autre, en sécurité et à flot comme le remorqueur du port, attendant quelqu'un qui n'arriverait jamais. Tu ne te souviens pas quand je me disputais avec elle à cause de ce genre de choses ?

NADIA : Non, mais je me rappelle qu'elle oubliait de venir me chercher à l'école, et je restais des heures chez les maîtresses, à l'attendre pour qu'elle m'emmène me baigner, faire mes devoirs et dormir. Pour ce qui est de manger… oublie. Café au lait et tartines beurrées. Elle ne savait pas cuisiner.

LUJO : Elle avait la tête en désordre depuis qu'elle s'était cognée dans les plantations de café, et puis cette obsession du travail qui passait avant tout.

NADIA : Oui, nous avons été des personnages secondaires pour nos parents. C'était l'époque où une consigne était plus forte qu'un sentiment.

LUJO : Ne dis pas ça, Nadia, même pour plaisanter.

NADIA : De la part de quelqu'un qui n'a jamais essayé d'avoir des enfants.

LUJO : Mais je suis gay, ma petite.

NADIA : Qui aurait dit qu'aujourd'hui ça arrangerait tout ? Les temps changent, Lujo Rojas !

LUJO : On voit bien que ces émissions ne seront jamais diffusées, Nadia Guerra !

NADIA : Avant, mon père et toi, vous cachiez que vous étiez un couple, et aujourd'hui, tu justifies tout par ta sexualité. Et… bon, ne me dis pas le contraire. On va écouter Rubén González dans ces *danzones* que *Mami* a enregistrés pour l'émission. Dis-moi, dis-moi si celui qui s'intitule « Le cadet de la Constitution » n'est pas un bijou, dans les mains fabuleuses de Rubén González. Silence, écoutons un moment ce *danzón*.

LUJO : Si un jour, en marchant dans cette ville ou dans une autre du monde, ces sons et ces paroles te reviennent, rappelle-toi que tu les as entendus un jour comme aujourd'hui, dans cette émission. Rappelle-toi que ce sont des paroles prononcées expressément « contre l'oubli ».

La boîte noire

Nous étions debout depuis deux heures devant la porte de sortie. L'avion d'Air France, dans lequel on avait laissé voler *Mami*, arriva avec du retard. Elle avait une santé très délicate, fragile, souffreteuse. Le Russe l'avait expédiée de Moscou dans cet état. Elle avait effectué le changement à Paris avec l'aide de la compagnie. Elle a tourné longtemps. C'est curieux, elle est entrée comme touriste dans son pays et on ne l'a pas arrêtée à l'immigration, c'est la douane qui s'en est chargé. Le problème n'est pas résolu. On nous fait passer, je vois ma mère dans un fauteuil roulant, petite, nerveuse, en train de pleurer. Il semble impossible qu'elle soit déjà à Cuba avec nous. Le douanier m'explique, mais je ne l'écoute pas. J'embrasse ma mère, elle dégage une odeur musquée. Elle a des reliefs de nourriture sur le visage. Elle s'est fait dessus. Sa main gauche tremble à cause de la maladie de Parkinson. Mon Dieu, quel retour ! Il est trop tard. Qu'est-ce que j'éprouve ? Essentiellement de la rage pour ces périodes d'absence qui font mal. Avec moi, avec le soleil d'ici, avec la plage, avec mon père, peut-être, tout aurait été différent. Il y a des personnes qui vivent dans une fuite perpétuelle, qui doivent quitter le lieu où elles sont nées ; mais il y a des êtres si fragiles, qui, lorsqu'ils s'échappent, sont avalés par le monde. Le sens abstrait des feux tricolores et des comptes à régler les engloutit. C'est le cas ? Je ne sais pas, je ne la reconnais pas.

Le douanier explique à Lujo qu'elle refuse d'ouvrir une boîte en carton qu'elle a pour tout bagage. Elle ne permet pas non plus qu'on examine sa sacoche. J'essaie de la soulever de son fauteuil roulant.

LUJO : S'il te plaît, donne-moi ton sac à main.

MAMI : Mon sac à main, pourquoi ? Il n'y a pas d'argent dedans.

LUJO : Commençons par le sac à main.

MAMI : Prends-le, mais la boîte, jamais. À Cuba, on m'a pris ce qu'il manque dedans. Je ne l'ouvre jamais, jamais.

Lujo pâlit. On ne plaisante pas avec la douane, tu peux passer des heures à attendre avant qu'ils décident de te laisser sortir. Les douaniers se méfient d'une femme assise en fauteuil roulant, sale, au visage hébété. Ils se méfient d'une boîte contenant des documents. Ils se méfient parce que c'est leur travail, mais le sac ne contient que des livres recouverts qu'ils ne regardent pas, des médicaments et quelques papiers. Ni argent, ni bijoux, ni poison, ni bombes. Rien.

Je leur demande de passer la boîte aux rayons X. Ils acceptent. La boîte contient des documents et ils veulent les lire.

Ma mère va très mal, elle tremble. Ils demandent pourquoi.

— C'est la maladie de Parkinson, leur dis-je.

Le douanier ne se soucie pas du tremblement de la folle dans sa chaise, il doit faire son devoir. Il nous demande poliment d'ouvrir la boîte. Je l'ouvre. Une photo de ma mère jeune apparaît. Puis la feuille tronquée d'une revue, *Bohemia*, datant des premiers temps de la Révolution. Le douanier passe la main dans le sac. Il voit des documents tapés à la machine. Ma mère, plus perdue que jamais, crie, hurle :

— Ma boîte noire, mes affaires ! Laisse-la ici, putain ! Lâche-la !

Le douanier lui explique qu'à Cuba, on ne peut pas introduire certains documents ou livres. Dans son cas, comme elle est malade, il pense qu'il n'y a aucun problème. De toute façon, pour s'en assurer, le spécialiste vient examiner les livres. Il lui raconte lentement que, dans les règlements, ce cas est considéré comme… Ma mère se met à chanter, d'une voix puissante : « Paroles », de Marta Valdés.

[…] *éloigne-toi de moi avec tes paroles,*
éloigne-toi bien vite de ma vie
et cherche un cœur pour les recevoir.

Les touristes applaudissent, c'est un spectacle difficile à oublier. « C'est Cuba, Chaguito. » Les applaudissements ne faiblissent pas. Le chef vient et nous demande de disparaître. Ma mère sort dans la rue dans son fauteuil roulant. Elle m'embrasse sans me reconnaître. Elle donne la boîte noire à Lujo et lui demande :

— Et notre mari, il n'est pas venu m'accueillir ? Miami est tellement jolie ! Le soleil, enfin.

Ma mère ne sait pas où elle est, mais elle chante du Marta Valdés en imitant Elena Burke. Elle est là, maintenant. Je ne sais pas par où commencer.

La maison, la mère, la mémoire et le corps

Dès son arrivée, ma mère commence à nous demander des nouvelles de la mère de Lujo, c'est incroyable, mais elle reconnaît l'espace situé devant le Malecón. Elle se rappelle et restitue certaines phrases par cœur, de l'époque où ils venaient danser et laisser passer les heures.

1. Les Beatles et le reste étaient déjà interdits.
2. Nous avions épousé notre mari.
3. La petite était dans mon ventre.
4. Ta mère dans le fauteuil.
5. Je ne peignais plus.
6. Ils avaient tué Waldo.
7. Nous n'étions plus des hippies.
8. Nous n'allions pas au Parque de la Funeraria.
9. Nicolasito Guillén venait seul ou avec Dara, la Bulgare.
10. La vieille contrôlait qui entrait et qui sortait.

Lujo s'assoit pour lire le dossier médical que *mami* a apporté dans son sac à main avec ses livres.

Les papiers signalent une maladie dégénérative du système nerveux central. C'est peut-être Alzheimer. Quelle maladie, que celle qui emporte et apporte des souvenirs !

On ne perd pas la mémoire quand on efface les souvenirs, mais quand on ne parvient pas à les classer ni à les situer relativement aux affects. Les êtres chers commencent à vous devenir étrangers. L'aimable devient autre. Le jour où l'on perd la mémoire, on part à la dérive.

N'importe qui peut nous sauver ou nous pousser au désastre. L'ennemi entre dans notre tête.

Le bain

Effectivement, je ne sais pas par où commencer. Je la déshabille pendant qu'elle chantonne en chœur avec Lujo. Elle ne peut pas aller au bout d'une chanson, elle ne peut chanter les paroles jusqu'à la fin, elles lui échappent et elle tombe par terre comme un cerf-volant.

Je déroule des bandes de gaze autour de ses cuisses. J'essaie de la faire entrer dans la baignoire quand je m'aperçois qu'elle a des escarres et des bleus terribles sur les jambes.

— Elle a dû rester longtemps allongée ou assise, commente Lujo, effrayé.

Mami résiste et je dois presque l'enfoncer dans l'eau savonneuse ; l'odeur aigre de son corps nous soulève le cœur. Elle est rachitique, souffre de malnutrition. Lujo sort de la salle de bains, il ne supporte pas. Ma mère, en revanche, n'a pas de pudeur, elle continue à chanter nue devant lui.

Tout s'en va avec la mémoire : la honte, la pudeur, la peur. En échange, on récupère la candeur.

Je frotte avec l'éponge sa peau d'oignon. Elle n'a pas plus de cinquante-cinq ans, et elle est si fragile… Elle se défait entre l'eau et l'écume. Son corps a été beau.

Dans la baignoire, elle joue avec les robinets et les savons, on dirait une petite fille. Je ne peux retenir deux larmes, je ne sais pourquoi je déroge à la rigueur dans cette première minute seule avec elle. « Contrôle, Nadia », me dis-je, effrayée. Je lui demande d'où viennent ces traces de coups.

— La personne qui s'occupe de moi en Russie est une brute. Elle me frappe.

Je veux partir en courant, je respire, retrouve mon calme.

— Mais pourquoi, *mami* ? Ils t'ont laissée seule avec elle ? Que faisais-tu ?

— Je ne sais pas, je ne me suis pas mal conduite. Je jure que j'ai été sage.

Je ne pleure plus. J'ignore ce que j'éprouve pour ma mère, est-ce parce que je n'ai pas eu le temps d'y réfléchir ? Toujours est-il que je ne pleure plus. Je ne sais pas si elle ment ou si, en fait, elle se rappelle l'une des choses qu'elle a dites.

Lujo me montre comment soigner les escarres. Il faut commencer par mettre des gants, mais je n'en ai pas. Je désinfecte mes mains à l'alcool, je nettoie la blessure avec de l'eau oxygénée, je mets de l'alcool, la chair s'irrite tout de suite, ma mère sursaute, donne un coup avec la main. Puis je l'embrasse, la calme ; ensuite, je lui passe de la crème antibiotique, je plonge les doigts dans ses plaies, je fais pénétrer l'onguent jusqu'à l'os, à la fin un peu de siccatif ; je souffle sur la blessure pour qu'elle ne la brûle pas et c'est fini. Un peu de temps sur chacune et… le pire est passé.

Lujo m'apprend à lui mettre les couches jetables que sa mère utilise, la mienne nous regarde de son lit. Je lui mets du talc Brisa, oublié sur la commode depuis les années quatre-vingt ; un peu de mon parfum et du déodorant ; je lui passe mon pyjama. Je la coiffe et elle est prête pour dîner, dormir, rester tranquille à la maison. La maison de qui ?

— La sienne, dit Lujo en explosant.

Il pleure à chaudes larmes en cherchant le disque de Bola de Nieve. « Adieu le bonheur », entend-t-on sur le tourne-disque hongrois encore fidèle au poste dans un coin de la pièce. C'est le lieu que je vais partager avec maman jusqu'à ce que nous sachions ce que nous allons devoir faire à l'avenir. Existe-t-il un avenir sans mémoire ?

Lujo connaît et aime plus *mami* que moi. Les sanglots la réveillent en sursaut. Je me sens coupable, mais l'heure n'est plus à la culpabilité. Je ne peux pas pleurer pour elle, elle n'attend pas ça de moi. Ma mère s'est endormie et Lujo est allé préparer du milk-shake pour nous trois. Je veux me laver, je suis épuisée. Je me regarde nue dans la glace. J'ai le même corps que ma mère.

Pendant que je prends ma douche, je laisse couler quelques larmes hystériques. Je ferme le robinet, je ferme les yeux. Fin de l'hystérie. Ça suffit, ça suffit, ça suffit. Fin de la journée.

Je m'approche de ma mère, c'est une jeune fille

perdue entre les draps, elle respire calmement. Tout est tranquille à part moi : « Une étrangère qui déraisonne / est venue partager ma chambre dans cette maison / une jeune fille folle comme les oiseaux », disait Dylan Thomas.

Bande Orwo

Dans la boîte de ma mère j'ai trouvé cette bande Orwo (enregistrée à La Havane en 1980). Je l'écoute sur le magnétophone Nagra. C'est un musée, *il y a un peu de tout. J'essaie d'écouter.*

Ma chérie :

SON : TOC, TOC, TOC... SUR LE MICRO OUVERT. L'INTERRUPTION D'UNE MAIN PAR TROIS COUPS VIDES.

Tu m'écoutes, ma petite ?

Il est quatre heures du matin. Je suis à la station, devant le RCA Victor dans la cabine verte. Tu sais que je n'aime pas entendre ma voix enregistrée, je la trouve délavée, mais c'est la seule possibilité que j'aie de te parler. Ici, il n'y a personne et le micro est visible, tangible, ce n'est pas une chose cachée. Je m'enregistre moi-même, comme ça je suis tranquille. Je ne peux pas te laisser de lettre, et tout ce que je pense ne tient pas dans un dessin. Je ne suis pas un génie, je suis tout simplement ta *maman*.

J'espère que ton père te remettra cette bande un

jour. Ce n'est pas urgent, je préférerais qu'il attende que tu sois majeure. Je ne rentre pas, je ne crois pas qu'ils me laisseront ou que je me laisserai moi-même.

Si on me surprenait en train d'enregistrer cette bande à la station, on pourrait me sanctionner, me retirer mon travail, m'interroger, m'envoyer dans un endroit éloigné jusqu'à ce qu'ils aient oublié mes erreurs. Tope de Collantes ferait parfaitement l'affaire. Mais ce n'est pas ce qui compte pour l'instant. Je n'ai pas la tête à ça. J'essaie de te dire au revoir.

Quand tu seras plus âgée et que tu entendras cela, peut-être *(elle tousse)*... vers l'an 2000, la vie sera différente, et j'espère que les progrès de la science et de la condition humaine dépasseront toutes ces bassesses de l'homme. Alors tu écouteras cela comme une chose du passé, et tu n'y comprendras rien, tu vas m'entendre avec une certaine distance, de la même façon que nous entendons aujourd'hui le feuilleton radiophonique *Le Droit de naître*. Je serai de l'histoire ou, pire, je ne serai rien de rien, et personne ne me pardonnera de t'avoir laissée derrière moi, d'être partie sans toi ; c'est la pure vérité, ne crois pas que je l'ignore. J'en suis consciente.

Je suis dans la cabine où nous avons passé tant d'heures ensemble avec mon verre blanc et ta petite cuillère en argent gravé. Ici, nous avons pris le thé avec des fourmis. Ici, nous avons mangé ce que nous avons pu. Ici, nous avons dit du mal des hommes, des amies. Nous avons lu les poèmes qui nous plaisaient et aussi ceux dont nous avons ri avec Aleida et Maricela. Ici, je t'ai répondu ce que je pouvais. Ici, tu as dormi sur le canapé, épuisée dans ton uniforme, à l'aube, en attendant que mes gardes soient terminées, pendant les cyclones ou selon les contingences politiques. Mais, ici, je ne veux pas commencer à te mentir. Il est temps que tu saches que je ne suis pas d'accord avec tout ce qui nous arrive. Il est temps que tu saches que je m'en vais.

ON ENTEND LE SON DU VERRE ET DE LA CUILLÈRE QUI TOURNE LE SUCRE DANS LE LIQUIDE.

Il y a plusieurs mois, ton père a rencontré une autre femme. Une fille de vingt-quatre ans qui est reporter pour le journal officiel. Elle vient d'obtenir son diplôme et rédige les nouvelles et des billets d'opinion. Elle croit parfois tenir le pays dans ses mains. Un jour, elle saura qui pense et a le dernier mot sur cette île.

Bon, mon amour, je te disais… elle est entrée chez nous et a fouillé partout, volé mes journaux, un roman sur cette amie dont je t'ai souvent parlé. Celle qui vient de mourir. Ce secret que nous avons toi et moi, elle l'a brisé.

Le roman est introuvable et les questions sont de plus en plus fréquentes au travail. On m'appelle, on me demande des rapports, on me pose des questions qui vont me rendre folle, Nadia.

Rester serait préjudiciable pour ton père et pour toi. La brebis galeuse, la folle, l'insensée, ce sera toujours moi, ç'a toujours été moi. Ton père est censuré, mais on le fait revenir au cinéma, moi, on ne me tolère pas. On ne me pardonne pas d'être comme je suis. Il y a des gens qui me surveillent en permanence.

Même si ça ne se voit pas, ils me poursuivent, je les sens, ils sont là. J'ai des yeux de tous les côtés. À la maison, il s'est passé beaucoup de choses, ces dernières semaines. Des affiches sont apparues avec nos noms, des mots grossiers. Le cahier orange que nous adorions a brûlé devant la porte. Ils ont jeté la table ancienne de ton grand-père, ils l'ont brisée. C'est pour cela que je t'ai envoyée chez Aleida, pour qu'on ne te fasse pas de mal.

L'ex-maîtresse de ton père est le fer de lance de l'énigme, elle a très vite grimpé les échelons dans ce journal officiel. Maîtresse d'hommes politiques et de dirigeants. Une pièce unique, difficile à abattre. Fille ou petite-fille d'un ministre, je ne sais pas, elle peut être tout ça, sans scrupule sans discernement par rapport à ton âge ou à nos projets de vie… Je me suis plainte, mais personne ne m'écoute.

J'ai pensé protester publiquement, le dire fort… mais à quoi bon ? En fait, aujourd'hui, nous ne pouvons pas lutter contre ça, cela revient à essayer de renverser le mur de Berlin. Ce sont des mesquineries que vous devrez éliminer un jour. Avec plus de force. Depuis « un monde plus juste que le monde d'hier » comme le dit ta chanson du collège.

Je n'ai plus rien à faire ici. Ils me mettent dehors et ils ont gagné… je m'en vais.

Les lettres anonymes et celles que ton père et elle s'envoyaient pleuvent. Maintenant, la vulgarité recouvre nos vies. Ce qui était un secret est exposé. Je suis tombée malade. Notre vie est la vie de tous, une femme comme moi ne peut y résister.

Tout cela me terrifie, ma petite, me terrifie *(respiration précipitée)*. Les photos de ton père et les miennes déchirées à la porte avec des poignées de sel, avec des rubans rouges, je n'y comprends rien. De la merde sur les murs de l'entrée. Sorcellerie, œufs, objets que je ne peux pas reconnaître. Conversations privées avec ton père, reproduites ensuite dans des assemblées publiques, dans cette émission, bref, le cauchemar, une machination parfaite, comme sortie du film *Rosemary's Baby* ou *La Graine du diable*, quel que soit le titre ; on dirait un film de Polanski.

Nadia, si un jour tu veux me rejoindre, tu seras la bienvenue. Je n'ai jamais pu être une bonne mère. Je suis une grande amie qui t'a donné la possibilité de venir dans ce monde et de savoir qu'il en existe un autre. C'est de cela que je veux parler. Si cela ne m'anéantit pas, je te réclamerai, et si cela m'anéantit, je veux que tu saches que j'ai fait tout cela pour toi. Je ne veux pas te marquer, je ne veux pas qu'on te stigmatise par ma faute.

Je t'aime, ma chérie, dans cette station je serai toujours près de toi.

Écoute les *soneros*, les *boleristas*, va voir les *trovadores* avec ton père, ils vivent et chantent, écoutent ce qu'ils disent. C'est ce qu'il y a de plus grand sur cette île, mon amour. Et je veux que tu saches une chose : ce n'est pas la révolution de ton papa et de ta maman. Ceci n'est qu'un GRAND MALENTENDU.

(Elle pleure.) Petite, je veux que tu sois meilleure que nous, je ne peux pas t'y aider. Ton père est un homme faible, il ne sait même pas défendre son talent. Je m'échappe parce qu'on m'a mise en pièces et, telle que je suis, je ne te sers à rien pour la suite.

Je te fais un énorme baiser.

Si seulement je pouvais réécrire le roman sur notre amie. Pourquoi craignent-ils l'hommage de quelqu'un d'aussi net et admirable ?

Tu verras qu'il sera publié un jour et tu sauras alors que ta mère n'a rien fait de mal. Rien de pire que de t'abandonner… *(silence)*, te laisser à cause de toute cette peur que j'éprouve.

J'ai vu brûler les marionnettes des Camejo au Guignol ; on m'a renvoyée de l'École d'art pour homosexualité (c'est faux), on m'a accusée d'imiter les étrangers, on m'a séparée de ceux que j'ai le plus aimés. Ça suffit, ça suffit, ma chérie ! Je ne veux ça ni pour moi ni pour toi. Je vais relever le front dans le monde réel, dans la jungle.

Qu'est-ce que tout cela sera devenu en l'an 2000 ?

J'espère que nous serons meilleurs qu'aujourd'hui. C'est pour cela que nous avons fait tant de sacrifices... Veille à ce que cela ne soit pas en vain. Nadia, je renonce, je n'en peux plus, ma petite. Continue, toi.

Rappelle-toi ceci :

Si ton nez saigne, renverse la tête en arrière et reste tranquille.

Si tu te perds, appelle la station, là-bas, ils te connaissent tous et ils te ramèneront à la maison.

Ne dénonce jamais personne, quoi qu'il arrive.

Ne pleure pas par plaisir, il y a toujours une solution.

Ne tombe pas amoureuse de qui ne te mérite pas. Je te le dis par expérience.

Ne me regrette pas. Ce n'est pas la peine, je suis avec toi.

Je range mon sac de conseils et je m'en vais. Nous sommes désastreux comme parents, ma petite. J'espère que ton père restera avec toi jusqu'à la fin. Dans le pire des cas, il y a une liste d'amis qui pourront le remplacer. Il ne t'arrivera rien, je le sais.

Ne cesse jamais de me chercher quand tu seras une jeune fille, je ferai la même chose avec toi, quoi qu'il arrive.

Je t'aime beaucoup, petite Chinoise aux cheveux longs. Tu es un morceau de moi, de Cuba... Je t'emmène avec moi. Ta *mami* à qui tu manques déjà. Je t'enregistre cette chanson. Ne l'oublie pas, apprends-la par cœur. Nous sommes toutes les deux dans cette musique.

SON : PAS QUI S'ÉLOIGNENT ET BRUIT DE PORTE QUI S'OUVRE, PUIS UNE RÉSONANCE ET LA BANDE SE DÉCONNECTE.

SON : LA CHANSON « SI CE N'ÉTAIT PAS POUR TOI », DE PEDRO LUIS FERRER, SE FAIT ENTENDRE.

Si ce n'était pas pour toi
avec cette foi dans les choses
qui semblent avoir échoué
et qui s'avèrent ensuite être des choses faites ;
si ce n'était pour toi
qui m'as aimé.

Journal rouge :

Je comprends maintenant les poèmes de ma mère. Je saisis de mieux en mieux mon obsession pour la radio. Je suis restée sous l'emprise de la radio. Quelle folie ! Maintenant elle est en moi. Je vais seule, j'essaie de monter, à partir du néant, ce casse-tête sonore.

Devant cette boîte noire en carton, je suis épuisée par la pénitence que le passé m'inflige. Le pire est de constater que, même en 2006, les choses ne sont pas connues, n'ont pas été réglées, s'échappent comme du sable entre les doigts. Je comprends les motifs de ma mère, et les réponses inexactes de ses témoins. Je recopie les poèmes qu'elle a écrits à la radio, je cherche des indices. Je suis sa mémoire de rechange.

ANNOTATIONS EN MARGE
D'UNE PHOTOGRAPHIE

Tu te rappelles, Aleida, le conte sur la photo de la grenouille ?
À l'époque, nous ne savions pas que nous étions heureux, quand
sur la vraie photo toi, ma fille et Maricela
vous montriez votre visage le plus aimable. Le temps dore
et embellit les images, mais je sais, j'en suis sûre,
que nous formions une bonne bande dans les assemblées.
Nous n'étions pas agréables avec nos détracteurs,
nous n'étions pas cléments.
Ce doit être pour cela qu'ils ne pourront jamais nous oublier,
même si, à côté du souvenir, ils déposent un peu de fiel.

Mais voici la photo : Maricela, ma fille et toi
victorieuses des feuilles mortes qui nous font maintenant danser
si loin l'une de l'autre.
Le soleil donne sur le visage et ma fille fronce le nez
jusqu'à en perdre les yeux. Maricela emprunte le visage
de sa mère, perdue dans la vision des gitans
qui traversent son enfance en caravane, et toi,
comme dans le conte terrifiant de la grenouille, tu ne sais pas
de quelle façon cacher l'immense joie,
à laquelle un seul visage n'est pas suffisant.
Veille plutôt, Aleida, à ce que ce rire ne trouve pas de rênes,
amie inséparable de tes oreilles.

Fonds rares et précieux

J'ai écouté la bande Orwo sans ciller. Je ne pouvais pas pleurer. Je me suis contentée de me coucher à côté de ma mère, de me blottir contre elle, de lui demander pardon de ne pas l'avoir comprise.

Je continue à chercher dans la boîte avec curiosité, je lis des documents, tentant de façon désordonnée de retrouver un roman et une vie perdus. Ma mère tissait ses idées fragmentées par le hasard. Je me rappelle les soirs / après-midi avec elle dans la bibliothèque, je venais d'apprendre à lire le grand panneau : département « fonds rares et précieux ». Elle pêchait dans les papiers des idées éparses, des indices, des sujets pour son roman perdu.

J'écoute plusieurs fois la bande, qui continue à tourner sur le magnétophone de Lujo, jusqu'au moment où elle s'enroule et s'arrête d'un coup. Ma mère se réveille, me regarde d'un air effrayé et referme les yeux. Je l'embrasse.

— Qui es-tu ? me demande-t-elle, épuisée.

— C'est moi, *Mami*. Ta fille.

— Je ne veux plus rencontrer de gens nouveaux, ceux que je connais me suffisent.

Maintenant je pleure, je veux fermer les yeux, prendre dix de ses cachets, et ne pas me réveiller avant d'avoir tout oublié. Je veux avoir la tête vide et ne pas penser à ce qui nous est arrivé.

Cher Diego :

J'ai besoin de toi.

Ma mère est enfin arrivée, Lujo et moi l'avons accueillie à l'aéroport. Elle a mal supporté le voyage. Je la trouve moins bien que pendant ma visite en Russie. Depuis qu'elle a atterri, on l'a assise dans un fauteuil roulant. Elle n'avait pas de bagages, maintenant elle met mes vêtements. Elle est arrivée complètement folle, serrant contre elle une boîte en carton et une sacoche Chanel avec sept livres couverts, très peu d'argent et tous ses documents (russes, cubains et français).

Sa tête a cessé de fonctionner. Lujo et moi la berçons comme une enfant. Je ne sais pas si tu as quitté le Mexique. J'ai besoin de parler. Dis-moi quand. Cela me tue de la voir comme ça. Elle a oublié Lujo, et elle me parle comme si elle ne m'avait jamais vue.

Pendant le peu d'heures où elle dort, elle se recroqueville effrayée dans le lit. Je ne peux pas croire qu'elle soit là. Je ne sais pas comment Lujo s'est débrouillé pour la ramener, mais nous sommes avec elle.

Je t'adore. Au secours, je me noie.

Nadia

Qui suis-je ?

Quelqu'un a des projets pour moi, et le pire est que je l'ignore. Trois hommes avec leurs chemises blanches aux manches retroussées ouvrent et ferment les mains en même temps. Ils sont dans des cabines pour donner leur sang, je vois qu'on leur met une bande élastique très serrée, couleur café au lait, qui leur étrangle le bras pour barrer le passage du sang, des cotons stérilisés caressent la peau, deux coups secs avec les doigts avant la piqûre ; l'aiguille pénètre nettement jusqu'à la pointe bleue de mon origine. Le sang se précipite dans la seringue, puis tout est rouge et épais.

Nous sommes devant l'acte stérile de la vérification. Qui suis-je et pourquoi préparent-ils cet examen complet ? Ils me piquent la peau : ça brûle, ça fait mal, je sens le vide, ils me rendent mon bras en emportant mes informations génétiques. L'infirmier demande pourquoi je ne me suis pas plainte.

— Je ne sens plus rien, dis-je en baissant mes manches et en sortant dans la rue sans destination précise.

Tous les suspects se sont laissé piquer. Chacun dans un endroit différent de la planète. Lujo est un scénariste de feuilletons télévisés frustré et il s'obstine à chercher qui est mon père. Cela m'est égal, mon père est et sera celui de toujours, je n'en souhaite pas d'autre. C'est lui qui a fait de moi ce que je suis, qui a fait tomber mes fièvres, m'a vue pleurer, avoir mes règles, aimer, quitter, partir. Je ne crois en personne d'autre. Ce qui est imprécis, c'est que je ne peux pas dire non plus en toutes lettres : « Voilà mon père ; voilà mon pays ; voilà ma mère ; voilà ma maison. »

28 mai

Nadia adorée,

Hier je suis rentré de Zurich à Milan et j'ai discuté avec Paolo B. Je lui ai apporté le testament de mon père, c'est le seul avocat en qui il a confiance depuis qu'il a quitté Cuba. Une fois respectée la volonté de papa, nous avons parlé de toi.

Paolo m'a dit quelque chose qui vous concerne et qui, je le devine, va te toucher très profondément, surtout en raison de la période que tu traverses. Tu dois bien te préparer pour cette conversation. Il va venir à Cuba dans le seul but de te parler.

On voyait venir l'affaiblissement de ta mère et, même si c'est cruel, tu dois l'accepter. La nouvelle que va t'annoncer Paolo B. ne peut pas te terrasser. Dès que tu auras besoin de moi, appelle.

Après cette conversation, le soir, pendant que je rentrais par la route des Alpes à demi enneigées, je me demandais si, quand j'avais été reporter dans cette partie du monde, j'étais heureux, si j'avais vraiment profité de cette étape, en voyant de ma fenêtre les merveilleuses Alpes ; en voyageant à travers l'Europe pendant qu'on me payait pour faire ce dont j'avais toujours rêvé. Pourquoi sommes-nous gagnés par la vanité et la soif de notoriété et de pseudo-transcendance ? Je ne peux être plus conscient de mon privilège, le destin m'a offert ces conditions atypiques de vie, mais je m'entête à continuer à me soucier de banalités professionnelles. Dernièrement, j'ai compensé les insomnies par des heures de travail sans relâche.

Peu importe ce que j'obtiendrai. Je suis aussi mauvais gagnant que perdant ; si quelque chose ne marche pas bien, j'ai du mal à digérer la défaite ; si quelque chose marche bien, je réagis de façon pire encore, car l'euphorie passe vite et je pense déjà à l'objectif suivant. Voici une espèce de prédateur insatiable, même si, évidemment, les proies dévorées sont soit insuffisantes soit terrées quelque part sur mon passage : le résultat en est une frustration permanente.

Ce n'est pas juste, Nadia. Il y a tant de motifs d'inquiétude dans le monde, et tant de gens qui possèdent de terribles arguments pour se sentir accablés, mais nous voici, les chanceux, telle une légion sûre que nos peines et anxiétés sont lourdes. Nous savons peu de choses et en comprenons encore moins. Je t'envoie plein de baisers, je sais que je ne mérite pas cette beauté. Je veux la partager avec toi, mais cette heure n'est pas venue.

Je suis dans ta douleur et je m'endors et me réveille chaque jour avec toi.

Ton Diego

TROISIÈME PARTIE
Le livre de ma mère

(FRAGMENTS TROUVÉS DANS LA BOÎTE NOIRE)

En admettant que l'on puisse réellement arriver à « maîtriser » le passé, cette maîtrise consisterait à raconter ce qui est arrivé.

Hannah ARENDT

La rencontre avec Celia

Je regardais la maison en bois sur pilotis ; les pins, les malangas, les animaux… À l'intérieur, il ne restait personne, ils étaient partis pour Miami car ils n'approuvaient pas ce qui se passait dans le pays. Ils nous avaient quittés provisoirement. Mais à notre insu le provisoire est devenu définitif.

J'étais seule, et je décidai de tout repeindre : eux absents, la maison allait s'abîmer. J'éprouvai le désir de laisser mon empreinte. Je fis tout cela de façon spontanée, sans le moindre calcul. Je commençai par le linoléum blanc du sol. Avec une plume et de l'encre de Chine, je peignis de douces feuilles d'automne, des cloches, des cerises noires, des parapluies, des talons de chaussure, des trèfles, des clubs de golf, des lunes. Cela illuminait l'impeccable surface que nous avions tant vantée lors du dernier Noël.

Je me sentais libre pour la première fois. Sans les obligations du collège américain, ni les efforts chrétiens du dimanche, ou le désespoir quotidien de ma mère qui attendait sous le porche le retour de mon père, veillant jusqu'à quatre ou cinq heures du matin, l'heure à laquelle il rentrait de la base navale de Guantánamo. Je peignais des murs, des portes, des meubles, orpheline, je compensais l'étrange sensation de libération que produisait le vide.

Ma sœur, qui fantasmait sur le retour presque impossible de nos parents, ne cessait de rire en imaginant leurs chaussures sur le lino, la surprise devant mon dessin soigné et exubérant. Une maison illustrée de figurations incongrues.

Ma sœur avait auparavant été emmenée au chalet de tante Dora, tout près de moi, au coin de la rue. Ils voulaient la convaincre de ce dont ils ne la convaincraient jamais, mais elle tint bon et revint tout de suite près de moi ; Digna la noire courait d'une maison à l'autre pour s'occuper des deux gamines rebelles. C'est en fait Digna qui s'est toujours occupée de nous ; mais ce monde s'achevait sans que personne ne puisse intervenir.

Une vie différente commençait pour nous ; la précédente semblait n'avoir servi à personne. Une vie à la bonne franquette, à prendre nos propres décisions, et à manger, de temps en temps, le peu que nous découvrions dans le garde-manger.

Je dis que j'allais rester pour donner des cours d'alphabétisation, que je partirais avec eux plus tard ; je n'avais que quatorze ans et j'avais envie d'autre chose que de travailler dans une entreprise. Plus tard, je pourrais recommencer des études aux États-Unis, je ne voulais pas haranguer comme une quaker ou un ministre de l'Église protestante (c'était en fait le destin que mes parents avaient prévu pour moi). Quand la folie des années soixante s'empara de nous, tous ces projets s'effondrèrent.

Ma sœur resta pour être près de moi, mais pas par conviction personnelle : elle avait seize ans. Nous devînmes des brigadistes « Conrado Benítez » et chacune de nous donna des cours d'alphabétisation dans un groupe différent. Elle vivait une vie à laquelle elle n'était pas préparée, elle envisageait pour moi ce qui se présentait ; j'aime en elle quelque chose que je n'ai pas : elle s'adapte, ne se plaint pas et pense que le meilleur est à venir.

Le jour où nous sommes venues écouter Fidel sur la place, on nous a choisies toutes les deux pour entrer au Habana Libre rencontrer des journalistes qui voulaient nous connaître et nous interviewer.

Dans la file, une dame très délicate s'approcha discrètement de moi, me demanda si j'étais allée à Varadero, pour profiter du prix qu'on avait remis à tous ceux qui donnaient des cours d'alphabétisation. Je me rapprochai d'elle et, presque dans un murmure, je lui dis que non, que nous avions dû passer par Banes, pour fermer la maison et y récupérer nos papiers. Mes parents avaient quitté le pays, et nous dûmes distribuer ce qui nous appartenait et venir ici définitivement.

La dame réfléchit à mon histoire. Elle me fit sortir du tumulte avec une escorte de deux hommes, pendant que je repérais la brigade à laquelle appartenait ma sœur. Nous partîmes en voiture en entendant au loin, par les haut-parleurs, la voix enrouée de Fidel. Nous entrâmes dans le hall du Habana Libre avec deux miliciens qui nous guidaient en faisant presser le pas à tous.

Le lieu me plut. C'était un hôtel des années cinquante, avec des tapis luxueux, je me regardai dans les miroirs, respirai l'air conditionné qui sentait le parfum français mêlé à la pâtisserie fine, nous montâmes dans un ascenseur argenté, et lorsque la porte d'une *suite* s'ouvrit, apparut Celia, Celia Sánchez de dos, relisant quelque chose sur une commode qui lui servait de bureau. Je la regardai de la tête aux pieds, sans pouvoir contenir la timidité que l'on prête aux gens de la campagne.

La mince guérillera portait des sandales noires, une robe jaune clair, et elle avait noué ses longs cheveux noirs et lisses avec un ruban du même ton. On aurait dit une sculpture grecque. Elle nous reçut, tranquille et souriante.

Soudain, ma sœur et moi, dans la foule, étions le centre d'un événement que nous ne comprenions pas très bien. Toutes trois visées par un crépitement continu de flashs.

Pourquoi nous ? Nous n'étions ni meilleures ni pires que les autres alphabétisateurs qui attendaient en bas, sur la place, avec Fidel. La réponse à cette question, je l'obtiendrais avec le temps : l'histoire ne privilégie pas toujours l'héroïsme, mais ce qui est à portée de main pour être montré comme épique.

Ce fut cette photo qui parut plus tard dans le journal et parvint à Miami. La lettre de mon père fut du genre « éteins et allons-nous-en » mais nous, enlacées dans notre uniforme d'alphabétisatrices, photographiées en noir et blanc, nous étions ravies. Quelle contradiction ! Nous, les petites sœurs, Américaines nées à Cuba (ou plutôt, dans une partie de Cuba qui n'est pas Cuba, sur la base navale de Guantánamo), nous luttions maintenant, avec le peuple tout entier, contre l'impérialisme.

Subtilement, Celia demanda aux photographes de sortir, elle ne semblait guère apprécier cette mise en scène.

Ma sœur me prit dans ses bras très sobrement, conformément à son caractère, et, sèche comme un coup de trique, elle dit :

— Tu as embrassé Celia ?

Je fis signe que non de la tête, et ma sœur me poussa vers elle. En déposant un baiser sur la joue de Celia, je sentis un parfum que je n'ai plus jamais senti. Je tremblais. Je ne pouvais pas m'en empêcher. Celia me demanda si j'avais un problème. Et je me risquai à répondre :

— J'ai envie de faire pipi.

Alors elle m'emmena dans des toilettes spacieuses et éclairées, qui ressemblaient plus à une chambre, et elle attendit que j'en sorte. Ma sœur lui dit qu'elle voulait faire des études de médecine. Elle voulait être pathologiste. Celia, très intriguée, lui demanda pourquoi. Ma sœur dit qu'elle voulait sauver des vies par le seul biais du microscope, elle n'aimait pas les patients.

— Je préfère être au milieu des morts et des tumeurs, que parmi les vivants qui se plaignent tout le temps, ajouta-t-elle d'un ton résolu, et Celia sembla trouver cette remarque très amusante.

Puis elle demanda si j'avais envie de faire des études dans un domaine particulier.

— Je veux entrer à l'École d'art. Et je précisai :

— J'aime peindre.

Elle me demanda si j'avais vu des expositions. Je lui fis la liste du peu que je connaissais : le musée Bacardí, la revue *Selecciones*, *El Tesoro de la Juventud* et un petit musée d'art précolombien, à Banes. Alors elle me donna un gros crayon bicolore, un de ces rouge et bleu, et elle tira d'un coup le rideau de la chambre pour que je dessine :

— Quelque chose de toi, dit-elle.

Quelque chose de moi ? Juste ce à quoi je n'avais pas pensé. Mon coude tremblait, je sentais que mon pouls s'accélérait ; je craignais que tout cela se transforme en désastre.

Ma sœur disait :

— Détends-toi, ma petite.

Et Celia souriait, ravie.

Je fis une esquisse sans forme apparente puis j'en tirai, comme par magie, une femme à tête d'oiseau. Celia demanda que personne n'efface cet oiseau du mur de la chambre ; j'étais si nerveuse que je n'avais pas remarqué que nous n'étions pas seules dans la pièce.

On l'appela au téléphone, je m'occupai en regardant par la vitre géante de la fenêtre. La Havane était un joyau. J'adorais les bâtiments et la mer en fin d'après-midi, tout était comme neuf. Celia regardait toujours comme une petite fille cet oiseau au corps de femme que j'avais lâché dans la pièce.

Ma sœur et moi prîmes congé ; mais elle ne nous laissa pas retourner à la cérémonie, elle s'inquiétait pour nous, elle nous demanda où nous allions dormir cette nuit et posa d'autres questions ; aucune ne fut blessante. (La dame de la place lui avait raconté notre histoire.)

Celia ne parla ni de Miami ni de nos parents. Nous allions rester avec les autres alphabétisateurs, dit-elle et un instant plus tard elle nous demanda de monter dans la jeep pour nous emmener chez elle, à El Vedado.

Nous attendîmes d'abord la fin de la manifestation. On ne pouvait pas avancer à travers la marée humaine qui descendait, justement dans la rue 12, depuis la place. Celia conduisait en fronçant les sourcils, elle avait les bras longs et les manches raglan de sa robe tombaient sur le volant. Quand elle attendait aux feux rouges elle regardait la plaquette qu'elle avait sur les cuisses, ses sandales faisaient monter et descendre les pédales.

Elle nous présenta deux dames, Pucha et Mary. Elles s'occupèrent de nous et nous donnèrent des serviettes, des savons et des pyjamas semblables, à ma sœur et à moi.

On nous arrosa d'eau à la violette et on nous prépara deux lits superposés, avec des draps qui sentaient le propre.

Puis nous mangeâmes une soupe au poulet et bûmes du lait dans un pot en émail blanc. Je crois que c'est pour cette raison que j'adore les brocs. Cette nuit-là, je ne pus dormir plus de deux heures. Mon cœur faisait des bonds :

— Si maman l'apprend, elle viendra de Miami et elle deviendra milicienne. Mais papa, ça lui fera quelque chose, disait ma sœur.

Chez moi, tout le monde savait qui était le père de Celia et Celia elle-même était connue. Ma maman adorait Frank País et Frank País adorait Celia. C'est pour cette raison et par Radio Rebelde que nous entendions parler d'elle, qui était la plus brave de toutes, et dire qu'on la cherchait pour la tuer. Ma maman l'avait vue un jour à Manzanillo, mais elle n'en parlait jamais car mon papa détestait tout ce qui sentait la révolution.

J'allai à la cuisine pour y chercher un verre d'eau, la moitié pour ma sœur et l'autre pour moi. Tous les gardes dormaient, maintenant. Ils étaient descendus de la Sierra avec Celia, je l'appris par la suite. Ils en avaient assez de toujours voir la même chose. Mais pas nous.

Je pris de l'eau filtrée et, au moment le plus inattendu, deux voitures se garèrent juste sous la fenêtre et elles éclairèrent la maison tout entière. Nous fûmes tous réveillés. C'était Fidel. Je ne le vis pas, mais c'était lui. Je le sus à cause du bruit de ses bottes, des gens qui entraient par l'autre porte, du bruit et des murmures des femmes qui s'occupaient de nous.

Celia était assise dans l'escalier, un stylo-plume à la main. Elle me vit dans le couloir et me salua en me faisant un clin d'œil tout en attendant, vêtue de blanc vaporeux et pieds nus. Elle me dit au revoir et j'entrai en courant dans la pièce. Quelle peur !

Ma sœur avait elle aussi entendu les voitures et elle voulait que je lui dise que j'avais vu Fidel.

— Dis-le-moi, ma sœur, même si c'est un petit mensonge.

— Mais non, ma petite, je ne l'ai pas vu, mais si elle attendait et qu'il y a eu ce branle-bas de combat, qui veux-tu que ce soit ?

Ma sœur et moi nous endormîmes dans nos lits. Nous étions plus seules que personne au monde. Nous ne connaissions pas les gens de la maison ; mais, ce jour-là, nous sentîmes que nous faisions partie de la famille.

Je me demande où sont aujourd'hui ces enfants. Que deviennent les choses qui nous font plaisir aujourd'hui et se diluent le lendemain d'une façon si définitive qu'il devient inutile de revenir dessus ? Dans ce cas, on se tait ; mais en réalité, on oublie ?

Ma sœur, par exemple, n'a presque aucun souvenir de cette période. Je lui demande si elle dit ça pour me mortifier ou si elle a vraiment tout oublié.

Je crois qu'il n'y a pas de réponse. Moi-même je ne sais plus combien de jours nous sommes restées dans cette maison. Nous savions que de nombreux commandants allaient et venaient, des combattants et des personnes liées à ce qui se passait dans la Sierra, y compris leurs familles. Nous vivions dans un film.

Je partis étudier la peinture à l'École nationale d'art et ma sœur entra à l'École de médecine, en année préparatoire. Nous n'étions pas loin, nous nous voyions pendant notre temps libre, elle venait à l'ENA ou je la rejoignais dans son dortoir. Des mois s'écoulèrent et l'aventure avec Celia nous semblait avoir été un rêve. Ma sœur et moi n'en parlions jamais. Nous étions des filles de la patrie, mineures, et nous ne pouvions pas sortir seules, les week-ends non plus. Parfois, pendant les vacances, ils autorisaient les parents d'autres camarades à nous emmener chez eux.

Le 15 janvier 1962, j'entrai officiellement à l'École nationale d'art de Cubanacán. Là, je rencontrai presque tous ceux qui sont aujourd'hui mes grands amis. Les personnes les plus folles, amusantes, créatives, délirantes, et même des êtres normaux.

Se retrouver avec Amarilis et Waldo Luis, allongés dans l'herbe de l'ancien terrain de golf, à regarder la lune perdue parmi les briques réfractaires et à parler de sublimes sottises, était une fête. Là, je compris que je n'étais pas seule au monde, que j'appartenais à un lieu spécial avec des êtres tant illuminés qu'éliminés. Des personnes exclues ou intégrées, qui avaient comme moi leur propre folie et connaissaient les mêmes élans, les mêmes tristesses. Ils n'étaient pas là pour étudier mais pour essayer de guérir de quelque chose et, une fois qu'ils avaient fini de peindre, guérir ceux qui pouvaient voir ces œuvres, réparer d'autres esprits.

Nous étions comme des miroirs brisés qui se reconstituaient entre eux. De nous-mêmes, nous ne parviendrions jamais à rien refléter. Ce fut la seule façon que je trouvai de réunir mes parties manquantes. Entrer là fut la seule façon d'entrer en moi.

Celia elle-même nous laissa au terminus de Playa et nous indiqua où nous devions aller, ma sœur et moi. Elle prit le bus pour la préparatoire. Je montai à pied jusqu'à ce que je voie les échafaudages derrière lesquels on commençait à construire les coupoles, un projet de château écartait les jambes devant le country club, qui serait dorénavant, et plusieurs années durant, ma maison.

Peu à peu, les plans devenaient réalité. Le tracé de l'école est merveilleux ; si l'on aperçoit cette idée d'en haut, du premier mirador aussi haut que le clocher en brique rouge, on distingue la silhouette d'une femme nue, et dans le long ver que constituent les dômes et les salles d'arts plastiques, on peut voir une fontaine qui figure le sexe dégoulinant de cette femme endormie sur l'herbe de l'ancien country club.

Il n'y avait pas assez de matériel pour peindre ou étudier et les bâtiments n'étaient pas encore achevés. Porro, Garatti et Gottardi, les architectes, l'un cubain et les deux autres italiens, déambulaient dans l'école jusqu'à une heure avancée de la nuit.

Celia appelait parfois la direction pour demander de mes nouvelles ; je le sais car certains professeurs m'en parlèrent, jamais la directrice, un tyran qui imposait une discipline militaire : peintres marchant au pas vers le réfectoire, ballerines marchant au pas vers les toilettes. Une véritable folie.

Les premiers mois, ils firent un appel collectif pour nous intégrer dans la mobilisation de la cueillette du café à l'est de l'île. Le 22 décembre précédent, sur la place de la Révolution, nous avions demandé à Fidel : « Dis-nous ce que nous devons faire d'autre. Nous accomplirons toujours notre devoir. » Fidel nous avait répondu alors : « Cueillir le café ». Et nous partîmes dans les montagnes.

En fait, j'avais envie d'aller à La Havane. Mais je ne voulais ni ne pouvais me perdre dans cette nouvelle aventure. Et puis, à l'école, il ne restait personne. J'avais très envie de lire et de peindre, mais nous avions posé la question à Fidel et il avait donné sa réponse.

Cela semblait faire partie de la lutte économique livrée suite à la Deuxième Déclaration de La Havane. Je ne sais pas, à cette époque personne ne posait ce genre de questions, nous mîmes tout ce que nous avions où cela fut possible et nous partîmes dans les collines.

Mes bagages consistaient en une boîte en carton. Nous partîmes en train, les écoles mélangées, hommes et femmes ensemble, maintenant je ne me souviens pas de l'endroit où se trouvait ma sœur. Le voyage n'en finissait pas ; mais un jour, enfin, nous arrivâmes à Guantánamo, près de la base où j'étais née. Je pensai beaucoup à ma mère, je versai même des larmes et fis une esquisse de son visage dans mon cahier. Je ne veux pas oublier, je sais qu'aujourd'hui la famille est le monde entier, mais le visage de ma mère est le visage de ma mère et on ne joue pas avec ça. Ce fut vraiment un voyage à l'envers.

Comme j'avais faim, mon Dieu ! La cuisine que le chef de la *high life* faisait à la cantine, inventant des substituts de goûts avec ce qu'il avait sous la main, me manquait. Nous appelions ces repas : « Autant en apporte le vent ». Le matelas, la salle à manger de l'école avec la liste de couverts fins pour apprendre à nous tenir comme les personnes qui fréquentaient l'endroit où ils nous avaient mises en pension quand ils partirent dans les années soixante, me manquaient. Nous allâmes vivre dans leurs maisons, situées en dehors du club, bourrées d'encyclopédies, de meubles de style, de décors raffinés, et nous qui saccagions tout cela. Nous ne savions que faire de ce que nous trouvâmes dans les tiroirs ou sur les étagères de leurs maisons, nous n'imaginions même pas l'utilité de la moitié de ces ustensiles et comment on s'en servait.

Nous attendîmes toute la matinée au parc de Guantánamo et, les quatorze élèves de l'école d'arts plastiques dont moi fûmes envoyées à Santo Domingo de Sagua. Nous arrivâmes exténuées. Il y avait tellement de boue que l'on dut arrimer le camion aux troncs d'arbres avec un câble en acier. J'avais peur du précipice, du vide. « L'abîme appelle l'abîme. »

Nous arrivâmes à un grand campement avec un toit en zinc et un séchoir à café près du fleuve Toa. « L'Achiotal », où Raúl ouvrit le deuxième front dans la Sierra Cristal. Nous mangeâmes des champignons bouillis avec de la viande en conserve russe. Nous passâmes par une ferme où il y avait une épicerie qui nous fournirait ensuite des denrées, et une très jolie maison en bois où vivait une famille française.

Nous faisions le trajet au milieu des chants révolutionnaires, des boléros et des lamentos. Même si nous n'étions pas perdues, ce n'était pas non plus un lieu très accessible, et cela m'inquiétait beaucoup. Je suis de celles qui ont toujours une carte dans la tête avec les issues de secours, au cas où.

Je m'arrêtai épuisée devant une cahute en terre où nous allions devoir cohabiter. Au réveil, je m'aperçus que l'arrière de la cabane était pourvu d'une partie saillante recouverte de feuilles de palmier : c'était la cuisine et les latrines où je n'allais jamais car j'ai toujours préféré les champs.

Nous fîmes la connaissance du chef, le patron de la cahute. Un homme insupportable. Il vivait là avec María, sa femme, et leurs deux enfants. Son nom biblique, Adonai, va et vient dans ma mémoire, me rappelant ses ordres : « Il faut travailler du lever au coucher du soleil, si vous ne travaillez pas, vous ne mangerez pas, vous devez payer votre nourriture par votre travail ! »

Aucune d'entre nous ne savait cueillir le café. Personne ne voulait aller là-bas.

Nous nous levions à cinq heures et demie du matin. Amarilis, la maigre, caquetait comme une poule. Nous buvions le café délavé de María. Les jours et les nuits effaçaient l'envie de peindre, de lire et même de chanter. Nous savions juste que les sillons s'appelaient des cours. Sac à l'épaule, nous apprîmes à égrener les arbustes sans abîmer les grains verts. Il n'arrêtait pas de pleuvoir, c'était comme s'il pleurait toute la journée. Et le dimanche, un peu de soleil sortait. Nous avions faim et froid. Et je me lassai des champignons et des cèpes gambute bouillis dans un seau.

Pour faire fuir les grosses fourmis qui s'introduisaient entre la taille et le nombril, nous nous parfumions au kérosène. Je détesterai cette odeur toute ma vie. Nous étions petites, nous nous perdions entre les hautes et anciennes pousses de café semées sur le versant des collines. Le sol était boueux, glissant, j'enfonçais mes bottes pour ne pas tomber.

L'ÉCOLE DES PLANTATIONS DE CAFÉ

Contre nous
conspirent les anciennes légendes
des plantations de café.
Au milieu de la nuit
Sonne le grelot
d'une mule perdue.
Qui sait
où elle s'arrêta
épuisée et terrifiée
devant le petit diable
aux plaisanteries macabres ?
Mais le rire est plus fort
que toutes les légendes.
C'est nous, camarades,
réveillant le jour entre les feuilles
et le grain de café,
laissant couler le dernier bâillement de la nuit.
Le froid, les fatigues,
le pot de café de bouche en bouche
nous remonte en une seule pièce.
Auberge des plantations de café
chaud bras de femme
contre lequel s'effondre le silence.

Un jour, pendant que je regardais le précipice, il se passa ce que je pressentais depuis un moment : je perdis l'équilibre et me retrouvai accrochée à mon sac, je faillis m'étrangler puis je glissai sur une pente bien inclinée en heurtant tout sur mon passage, je voyais la végétation et la boue de façon circulaire, comme depuis un œil-de-bœuf, jusqu'à ce qu'une pierre arrête ma tête et je perdis connaissance, sens de l'orientation et mémoire. À ce stade de l'histoire, je crois que ce fut la meilleure chose qui ait pu m'arriver.

De ce moment, de cette époque, ce dont je me souviens le mieux est la douceur amère que conserve dans le fond le grain de café rouge. Les baignades nocturnes dans un ruisseau à l'eau noire et glacée, le petit visage de Marisol, la philosophe du groupe, qui, depuis la rive, tenait sa promesse de ne pas se laver avant le retour à l'ENA.

Au moment du coup, je me laissai aller, j'abandonnai ce monde et cela ne semblait pas être une mauvaise idée. Ce fut Marisol elle-même qui m'accompagna dans tous les hôpitaux. D'après ce qu'on m'a dit, on m'emmena à La Havane, je survécus à la chute en passant d'une voiture à l'autre et j'arrivai vivante au dernier hôpital.

Je voyais des images entre deux évanouissements, comme si tout se passait loin, en dehors de moi. Je me rappelle vaguement le moment où on m'emmena en camion. Il y avait, d'après Marisol, une colonne de miliciens pieds nus, j'eus l'impression d'un rêve de ce qui avait été décrit quelques années auparavant sur Radio Rebelde, depuis la Sierra Maestra. Il se passait quelque chose. Marisol pensait que c'était une opération de nettoyage contre des bandits. D'autres rebelles, d'autres insurgés étaient dans les collines, mais non. Plus tard, elle me dit sur le lit d'hôpital que nous étions sur le pied de guerre. La réponse de tous ceux qui étaient mobilisés fut de rester dans les montagnes.

Là, les jeunes filles se lassèrent de cueillir ce qu'il n'y avait plus, et restèrent prises dans l'histoire surréaliste des collines.

À La Havane, l'ambiance était tendue. Marisol disait qu'on pouvait voir des navires américains au large. Sur le Malecón s'alignèrent également des tanks de guerre et de nombreuses tranchées furent creusées, des sacs de sable entassés et des gens en armes apparurent.

J'étais triste pour Marisol, elle dormait parfois dans le lit avec moi, ou dans le fauteuil métallique de l'hôpital. Mais elle ne se plaignait pas : Tant qu'on était à La Havane, disait-elle, la guerre lui importait aussi peu que le bloc opératoire.

Je ne me souviens même pas de l'opération, et je ne veux pas en parler.

Les choses graves, je préfère les effacer. Les soins, les douleurs et les séquelles sont au fond de mon souvenir. Prêts à être oubliés. J'avais la tête rasée, on aurait dit une jeune fille du Moyen Âge, une de ces fillettes chauves que je voyais sur les planches.

Un jour, endormie et l'esprit encore troublé, j'ouvris les yeux. Qui se trouvait à mon chevet ? Celia, ma sœur et Pucha. Je ne pouvais le croire. Je n'avais pas pensé à ma sœur jusque-là. Je n'avais pas demandé de ses nouvelles. Qu'arrivait-il à ma mémoire ? Je me sentis coupable.

Celia entra dans la pièce et, sans rien demander,

elle mit des papillons dans un vase en terre cuite à côté de mon lit et moi, qui suis émotive, je les embrassai toutes les trois et me mis à pleurer comme une idiote.

— Je n'ai pas de temps pour les pleureuses. Encore moins pour te tenir la main. Je te laisse avec ta sœur, elle t'a cherchée partout, dit Celia.

Pucha me donna un cahier et un crayon jaune, avec un taille-crayon neuf et une gomme qui sentait bon. Pour se rendre sympathique, ma sœur dit :

— Si tu en sors vivante, on t'organisera une exposition quelque part, mais on doit d'abord s'occuper de ce qui se passe dehors.

Celia ne répliqua pas. Elle m'embrassa, me demanda de faire attention. Je lui dis qu'elle ferait mieux de faire attention elle-même. Là, je vis son regard inquiet. Elle prit congé et sortit par la porte, en courant presque.

Pucha me dit au revoir en arrêtant une infirmière qui poussait Celia dehors alors qu'elle se trouvait déjà à la porte. Ma sœur, Marisol et moi fûmes surprises car l'infirmière ne reconnut pas Celia.

Ma sœur avait cherché en vain Celia « l'invisible », à la télévision et dans les rédactions des journaux. Elle l'avait enfin retrouvée dans l'entrée de chez elle, rue 11 et elles étaient venues ensemble à l'hôpital.

Ma sœur n'arrêtait pas de donner des conseils. Elle savait qu'une chose grave se passait dans ma tête et à Cuba. Mais nous nous étions retrouvées et nous ne pouvions pas le croire. Mes collègues descendirent des montagnes trois mois plus tard, quand quelqu'un eut l'idée de les envoyer chercher, à la fin de cette crise. Elles obtinrent leurs diplômes en 1967 lors de la première promotion d'artistes d'une école créée par Fidel. Je ne pus pas me présenter, je fus renvoyée, mais c'est une histoire que je raconterai plus tard. Ma tête a continué à fonctionner à peu près. La mémoire, malheureusement, reste intacte.

Celia, Brooklyn et la neige

Dans sa jeunesse, Celia souffrait d'un urticaire qui devint chronique et de plus en plus sévère. Sa famille décida de l'envoyer aux États-Unis, où vivait Orlando, son frère, pour y subir des examens et y recevoir les traitements appropriés. Les analyses confirmèrent le diagnostic cubain. Elle était allergique à presque tout excepté la mangue.

Une fois prescrits les éventuels antidotes contre la douleur, la curiosité montrée par la jeune fille envers cette ville fut telle que, même lorsque Orlando vit que l'éruption était sous contrôle, il lui demanda de ne pas rentrer à Cuba avant d'avoir vu la neige. Le séjour à New York dura six mois.

Son frère et le peintre cubain, de Manzanillo pour être précise, Julio Girona, étaient très amis. Ainsi donc, par transition, les sœurs de Julito devinrent les bonnes fées de Celia, même si elles avaient en fait une lointaine parenté à propos de laquelle elles plaisantaient toujours en se retrouvant. Les sœurs Girona firent visiter la ville à Celia. Elles racontent qu'elle avait l'air d'une enfant curieuse, fouinant, trouvant des détails fascinants dans cet univers sans fin. Elle prenait des notes, absorbait ce qu'elle voyait autour d'elle. Elle visita tous les musées qu'elle put car, disait-elle, « son goût pour l'art était né avec elle ».

Elle fréquenta les bibliothèques publiques ; elle connaissait les émigrants et bavardait avec eux dans la rue, leur posait des questions aussi bien lorsqu'elle se trouvait seule qu'accompagnée. Elle était intrépide et adorait se lancer dans l'inconnu.

Elle était fascinée par le quartier chinois et la façon dont les commerçants disposaient les marchandises. Avec une patience asiatique, ils la laissaient plaisanter en espagnol, sans comprendre les bons mots ni les gestes de la Cubaine. Elle se fit prendre en photo devant la statue de José Martí et emprunta les rues où le maître avait déambulé lors de son séjour new-yorkais. Elle s'offrit une petite escapade aux chutes du Niagara. Elle aimait les promenades en ferry. Elle réfléchit beaucoup seule et se sentit accompagnée par cette nouvelle famille. Bien que cela ait été une mauvaise année pour les siens et pour elle en particulier, Celia fut heureuse dans le New York de 1948.

Les Girona convainquirent Orlando de déménager dans un quartier plus proche du leur, et ils devinrent finalement voisins : rue Clark, numéro 97, Brooklyn.

Un après-midi, il neigea. Orlando et elle regardaient un film mexicain dans un cinéma de quartier. Et ce fut à la fin de la séance, à la sortie du cinéma, que les flocons de neige se posèrent sur les cheveux de la jeune fille. Elle se laissa tomber sur le banc d'un parc et y resta, grelottant, pendant qu'elle parcourait du regard ce nouveau monde qui se recouvrait peu à peu de blanc. C'était la neige, enfin. La neige qui se défait dans un souffle, aussi éphémère que les fleurs et les illusions d'amour mais dont, comme les fleurs et les illusions, on se souvient toute sa vie. Et en se regardant elle-même, formant un tout avec le manteau, le banc, le sol et la ville, elle remarqua que la neige s'était transformée en eau sur ses bottes de chamois gris. Une eau aussi propre, aussi liquide qu'à Cuba. Alors elle se leva, juste pour se dire à elle-même :

— Il est temps de rentrer à la maison !

Le terrain de golf, le Che et les nus

Je peignais presque nue. Je voulais voir ma poitrine avec ce maudit bout de miroir sur le chevalet. Il n'y avait pas âme qui vive sur le terrain de golf. Je sais que c'est un problème d'aller nue dans le monde, mais ça s'est passé comme ça. Qu'est-ce que j'y peux ?

Soudain, le Che arriva dans une *Jeep* vert olive et il me vit torse nu.

Je n'ai pas peur de ça. Je n'ai pas de préjugés envers mon corps ; en dessinant, le corps devient un élément, il est dépouillé de luxure. On se sent en état de grâce. Le Che fut très respectueux avec moi, je ne cessai pas de dessiner pendant que je répondais à chacune de ses questions. La *Jeep* dans le fond, vert sur vert, le Che et moi oublieux du monde.

Puis la direction de l'école apparut au complet comme s'il s'agissait d'une visite officielle. Le scandale et les propositions d'un châtiment approprié viendraient plus tard, même Celia l'apprit.

La réprimande de Celia

Alors que je buvais du café au lait chaud chez elle, Celia me rappela que le Che avait une famille, on sait qu'il en a une même si on n'en parle pas dans la rubrique sentiments, dit-elle en souriant, j'écoutai bien chaque mot qui sortait de sa bouche. Était-elle en train de me disputer ? Elle demandait des détails, argumentait, essayait de me prévenir sur plusieurs points en fronçant les sourcils et sans perdre le sens de l'humour.

Elle me laissa enfin lui expliquer. Je lui dis fermement et sans reprendre ma respiration comment l'épisode s'était déroulé. Elle observait mes pauses, mes gestes. Tout.

Elle ouvrit un paquet de cigarettes. Elle en alluma une à la Bette Davis et elle respira. Elle vint vers moi, me servit davantage de café au lait, et, sur un autre ton, plus calme, elle me dit qu'une partie des mauvaises idées des adolescents, c'étaient les adultes qui les leur mettait en tête. Elle était sûre qu'il y avait dans tout cela une dose d'ingénuité et de candeur que personne ne pouvait calculer, et certainement pas la directrice de l'école.

Elle me demanda de comprendre les autres, et, malgré mon obsession pour la peinture, de ne pas divorcer du monde réel.

Elle fumait toujours des Chesterfield et buvait du café au lait. Pour la première fois devant moi, elle se laissa guider par les souvenirs et fit des commentaires sur ses rencontres avec le Che dans la Sierra.

Quand ils bavardaient, elle lui posait la main sur la tête ou sur l'épaule. En finissant de la consulter sur un point, il tournait en rond et lui donnait, pour ses archives, les notes qu'elle compilait. En partant, il l'étreignait affectueusement. Il lisait beaucoup, là-haut dans les montagnes, il avait des crises d'asthme terribles vers deux ou trois heures du matin, alors il se tenait à l'écart à cause de son orgueil.

Elle se procurait plusieurs sortes de médicaments pour lui faire essayer divers traitements, mais l'asthme ne disparut jamais tout à fait. Ah, il dévorait les livres de médecine, car il était médecin de profession et de vocation, si quelqu'un était très malade, il ne fermait pas l'œil.

Elle le voyait ainsi.

Elle était dans l'escalier, assise et pelotonnée dans une couverture blanche tissée, la tasse vide dans une main et le paquet de Chesterfield dans l'autre. Très sérieuse, elle me demanda comment je le voyais.

— Je ne l'ai pas vu, lui dis-je, l'ombre de son uniforme portait sur son visage car il était à contre-jour. Je vais avoir peur de lui et s'il réapparaît je serai terrifiée. C'est à ça qu'ils vont arriver, à ce que je ne veuille même pas le voir à la télévision.

Et pourtant ! Celia retrouva le Che et dans les trois jours elle se présenta à l'école avec lui. Par chance, je portais mon uniforme complet.

Dès lors, chaque fois que le Che se rendait à Cubanacán, il passait par l'école et demandait à voir ceux de mon groupe. Il ne me trouva jamais dévêtue, je crois que j'acquis cette manie d'être couverte auprès de Celia, après qu'elle m'eut offert une couverture bleue pour me protéger. Était-ce une de ses subtilités ? C'est possible.

Avec Celia, les choses se résolvaient toujours comme ça, frontalement.

La Fin de l'école
– le chemin vers la radio.
Conversation avec Celia et Fidel
dans la maison de la rue 11

Elle fumait des Chesterfield, l'une après l'autre, jusqu'au jour où ses poumons l'en empêchèrent.

À la maison, on mettait le café dans une théière recouverte de tissu, comme à la campagne.

Sujet tabou. C'était une femme seule, sans enfants et sans mari.

Elle se levait très tard car elle travaillait jusqu'à l'aube, comme Fidel. Elle n'aimait pas se montrer, ni être félicitée pour son anniversaire, le 9 mai. Elle n'aimait pas qu'on lui parle, ni qu'on la flatte, ni qu'on la reconnaisse dans la rue. Elle essayait de passer inaperçue.

Elle ne s'asseyait pas confortablement mais sur le bout de la chaise, elle mangeait sur une marche ou sur le canapé, une jambe ici et l'autre là. Et en parlant. Elle mangeait très peu, l'assiette à la main. Riz, haricots, salade. Il fallait se battre pour la faire manger. Elle aimait beaucoup le poisson.

Elle portait des tenues très spéciales. Un jour elle s'habillait comme un sac, mettait des espadrilles et basta, mais elle portait aussi des sandales, des robes. Un ensemble fait de sacs de sucre avec une belle ceinture et des créoles. Elle était très féminine, portait ce parfum français, Rive Gauche, d'Yves Saint Laurent. Elle adorait écouter « Noche de Ronda ». Dans la maison de la rue 11, on dit que Fidel et elle adoraient écouter Los Compadres.

Pour tous dans la maison, Celia et Fidel étaient comme une seule et même personne. Les relations entre Celia et Fidel étaient tout à fait normales : il arrivait et saluait naturellement et elle partait avec lui. Elle montait. Dans la maison, on disait : « Non, parce que Celia est montée s'occuper de lui. » Quand Fidel arrivait, elle disparaissait. Elle ne devenait ni nerveuse ni rien. Un peu avant, le téléphone sonnait. Quand il entrait, elle montait rapidement. La famille disait toujours : « Quand il arrive, on perd Mamía. »

Celia ne conduisait que ses petites jeeps : on lui offrit une Mercedes sportive, une BMW, une Alfa Romeo, et ces deux petites jeeps en plastique Citroën où je la revois toujours. Des personnalités, des chefs d'État alliés de Cuba les lui envoyaient. Ils n'eurent à engager de dépenses qu'avec les Fiat, car, après son opération, elle ne pouvait plus rien conduire d'autre. La Fiat aussi, je m'en souviens parfaitement. Il y avait une pièce remplie de cadeaux. Tout ce qu'on lui envoyait atterrissait dans cette pièce, elle ne touchait presque pas à ces cadeaux, ils restaient là au cas où elle aurait eu besoin de quelque chose. Elle aidait toujours les autres, c'était son obsession.

Sa routine : elle passait les matins au journal *Granma* et se rendait parfois à la revue *Bohemia*. Elle parlait beaucoup avec Carlos Franqui, à « Lunes de Revolución »[1]. Elle lisait le journal et relisait les lettres et les télégrammes pendant qu'elle prenait le café du matin. Elle dormait peu, mais au réveil elle se rendait aussi bien au parc Lénine que dans une officine toute proche du fleuve Almendares, des entrepôts après le Pont en fer. Elle effectuait des commissions pour Fidel, recevait des cadeaux du gouvernement… Elle s'occupait de tout un tas de projets protocolaires, elle n'aimait pas l'étiquette à la maison, mais c'était la meilleure pour les questions de cérémonial dans de grandes occasions. Le département de Service du peuple est né de son obsession de n'oublier personne, de ne laisser personne de côté. La maison était remplie d'enfants comme ma sœur et moi, mais certains devinrent des femmes et des hommes ici. Elle les amenait de la Sierra Maestra, d'autres se présentèrent en chemin après le travail volontaire sur les routes, elle les adoptait au passage. Celia nous fit cohabiter au milieu de tout cela. Je n'ai jamais compris comment elle faisait, mais elle est restée

1. « Lundi de révolution ».

discrète et à la fois transparente avec tout ce monde dont elle s'occupait.

La chambre de Celia : elle avait fait peindre sur les murs un paysage de la Sierra. Fidel habitait en haut, sur la terrasse, car il n'y avait pas de *penthouse*. C'était une terrasse, elle y créa une sorte de *loft*. Avec un grand lit. D'un style très moderne, à double pente, recouvert de bois, entouré de vitres blindées qui donnaient sur la piscine que Celia fit ensuite construire pour lui. En haut, avant, il n'y avait rien, ce fut elle qui en eut l'idée. La terrasse était fermée par des fenêtres en bois. C'était comme deux appartements réunis. Elle vivait dans l'une et l'autre faisait office de bureau. « Ses appartements privés », où elle n'aimait pas que l'on entre. Il y avait un hamac avec de petites lampes pour lire. Un balcon fermé. Les meubles de la salle étaient recouverts de peau de vache, comme les tabourets. Dans sa chambre, il y avait deux petits lits à une place. Je n'oublie pas son étagère en acrylique transparent, elle marchait vite, sortait, entrait et voulait tout avoir sous la main, pour ne pas perdre de temps en sottises.

Dans l'une, tous les proches venaient la voir et l'autre était personnelle. En bas, vivait Lourdes avec sa famille ; puis Celia ; et au dernier étage, Fidel, sur cet espace de la terrasse. Il y avait un garde dans l'escalier, pour chaque étage, toujours, toujours.

Après son dernier voyage au Japon, elle ne pouvait plus fumer, elle toussait beaucoup et ne voulait pas voir son neveu préféré ; elle n'aimait pas non plus qu'on soit témoin de ces crises de toux. Je crois que Celia ne voulait en fait quitter personne. Elle n'était pas faible, elle n'était pas facile, c'était une femme forte qui n'aimait pas montrer sa fragilité.

Témoignage :
transmis depuis la radio ennemie

(Reconstitution d'un témoignage anonyme, transmis par La Voix des États-Unis d'Amérique le jour de l'enterrement de Celia Sánchez.)

Il y a de nombreuses années, une situation très difficile se présenta à moi. Je ne veux pas entrer dans les détails sur les circonstances car ce n'est pas le moment. À l'époque, la tension entre les gouvernements américain et cubain était très forte. Je n'avais pas de sympathie pour le gouvernement de Castro. Je suis restée car je n'ai pas voulu partir alors que toute ma famille, elle, était là-bas. Mon fils fut alors atteint d'une grave maladie et on ne pouvait le soigner qu'aux États-Unis. Je devais émigrer. Quand je l'ai dit à ma famille d'ici, ils m'ont soutenue et j'ai commencé les formalités. Mais les papiers traînaient, et mon fils est arrivé à l'âge du service militaire. J'ai eu un mal fou. Il y avait une loi, je ne sais pas si vous me suivez, qui disait que lorsqu'un jeune homme était appelé à faire son service militaire, il ne pouvait pas quitter le pays. Si je ne profitais pas de cette opportunité, son départ pouvait être reporté de quatre ou cinq ans, et le problème de mon fils irait croissant. J'ai écrit des lettres à toutes les instances du gouvernement qui auraient pu s'occuper de mon affaire. J'ai écrit à je ne sais combien de personnes. Personne ne m'a répondu. Non, non. Je mens. J'ai reçu un courrier du MINFAR[1], quelqu'un (j'ignore qui), disait qu'il avait entendu parler de mon affaire, mais qu'ils n'avaient pas le pouvoir de changer la loi… je ne sais pas, quelque chose comme ça. Je me trouvais dans une impasse. Je ne savais de quel côté me tourner, à qui m'adresser. Alors quelqu'un m'a dit : « Écris à Celia. » Et je le fis. Je lui ai expliqué ma situation en détail, lui ai indiqué toutes les démarches que j'avais faites, les lettres que j'avais envoyées, mes données personnelles, bref ce genre de choses. Même si, pour être honnête, je n'avais guère d'espoir. Je ne croyais pas qu'une dirigeante de ce niveau lirait ma lettre. Dans le meilleur des cas, la secrétaire la donnerait à quelqu'un qui se chargerait d'y répondre, ou ils diraient : « Regarde cette contre-révolutionnaire » et ils la classeraient sans suite…

Et le temps a passé. Un jour, une camarade est venue me voir chez moi et m'a dit que Celia allait me recevoir, je devais me rendre à son bureau tel jour à telle heure. Et j'y suis allée. À l'heure dite,

1. Ministère des Forces armées révolutionnaires.

on m'a fait entrer. Celia m'attendait. Elle s'est levée pour venir m'accueillir avec un grand naturel, avec beaucoup de respect, m'a demandé des nouvelles de mon fils, m'a invitée à m'asseoir, et, quand nous nous fûmes assises, elle a posé la main sur un paquet de lettres ouvertes qui se trouvait sur un côté de la table et m'a dit :

— Ce sont toutes les lettres que vous avez envoyées.

Cela m'a glacée.

— J'ai un peu tardé car on a dû aller me les chercher. Mais je vous ai fait venir pour que vous sachiez que nous allons nous occuper de votre affaire. Et nous allons voir ce que nous pouvons faire pour la résoudre. Ne vous inquiétez pas. Nous trouverons une solution.

Et c'est arrivé. J'ignore comment, toujours est-il que quelque temps plus tard, mon fils et moi étions dans un avion, tous nos papiers en règle, à destination des États-Unis. Je ne lui ai jamais écrit pour la remercier. Je ne sais pas si je pensais qu'elle allait se sentir offensée, après tout, j'avais déserté, ou parce que son attitude même semblait dire : « Il n'est pas nécessaire de me remercier de quoi que ce soit. » Je ne sais pas, on a tellement besoin d'aide quand on va mal, et soudain, quelqu'un vient et vous aide comme ça, par humanité. Il m'est arrivé de penser que si je lui avais écrit pour la remercier de ce qu'elle avait fait pour moi, elle n'aurait pas prêté attention à ma lettre.

Castro et moi

PAR ERROL FLYNN

[Fidel] avait l'oreille collée au petit haut-parleur d'un récepteur radio. Sur une table, à moins de cinquante centimètres de lui, un revolver belge, une arme terrifiante. Pendant un moment, il ne nous prêta pas attention, puis il promena le regard sur la pièce. Elle était de taille moyenne, sans beaucoup de meubles, semblait avoir été aménagée à la va-vite mais donnait l'impression d'une effervescence permanente ; des gens entraient et sortaient à chaque instant. Celia Sánchez avait une orchidée rose fixée sur l'épaule droite. Je lui tendis la main et je baissai le regard au niveau de sa taille. À sa ceinture, un revolver de calibre 32.

Ma légère confusion n'empêcha pas mon œil clinique hollywoodien d'entrer en action. Je me rendis compte sur-le-champ qu'elle ne ressemblait pas à la majorité des Cubaines et qu'elle était plutôt mince. Je vis son corps bien proportionné et j'estimai que ses mensurations étaient 91-60-88. Ce ne sont pas les mensurations habituelles des Cubaines.

Les Cubains préfèrent généralement ces mensurations : 96-71-101. Cheveux très noirs, teint mat et regard lumineux qui ne perdait aucun détail et revenait toujours là où se trouvait le Commandant. Une fois la transmission terminée, Castro leva la tête, il nous vit et se leva.

Il mesure à peu près ma taille, un mètre quatre-vingt-douze. Il fait preuve d'une grâce et d'une simplicité de mouvement et de manières que je reconnais n'avoir pas envisagées. En un mot, ce n'était pas la figure impérieuse que j'avais cru trouver ; la silhouette et l'attitude d'un homme de pouvoir.

Ma première impression fut produite par sa prestance naturelle, soulignée par des réserves d'énergie et de force. Il n'a pas l'apparence de quelqu'un qui a pris le soleil. Il ne donnait pas l'impression d'avoir vécu cinq ans et demi dans la jungle, les montagnes, sous les intempéries, ce que j'avais imaginé. Le visage doux, comme les mains. En fait, ses mains ne sont pas douces, loin de là, mais elles donnaient presque cette sensation de délicatesse, sans veines saillantes. Elles ressemblaient plus aux mains d'un homme qui est resté derrière un bureau et non derrière une mitraillette. Sa poignée de main fut ferme mais pas extrêmement vigoureuse. D'une certaine façon, je m'attendais à trouver des nerfs d'acier entre mes mains, mais rien n'était surnaturel dans sa constitution physique.

Il portait des lunettes et je constatai, lorsqu'il commença à s'adresser à moi, que Celia, sa secrétaire, le traitait avec la plus grande considération. Pendant qu'il parlait, elle lui ôta ses lunettes sans qu'il semble s'en apercevoir. Elle les essuya et les lui remit avec affabilité, mais de façon subtile pour ne pas le déranger. Un interprète nous aida dans la conversation.

— Je vous suggère d'aller à Palma Soriano, me dit-il. Ce village vient d'être libéré par les forces de la liberté et les gens de là-bas seront contents de vous voir, et vous pourrez observer comment se sentent les Cubains après être sortis des mains de Batista…

Ce fut alors que je lui demandai comment je devais l'appeler, et là nous entrâmes dans l'histoire de Fidel et Errol.

(*Bohemia*, février 1959, p. 50.)

Notes
(Fidel : détails, habitudes, style)

Fidel fume sans arrêt. Le cadeau qu'il appréciait le plus dans la Sierra était un paquet de cigarettes à une peseta. Il fume parfois la pipe.

Quand il arriva au premier village disposant de la lumière électrique (Palma Soriano), la première chose qu'il demanda fut une glace. « Une glace, s'il vous plaît ! Il y a deux ans que j'ai oublié ce que c'est qu'une glace ! » dit-il.

Les premiers mois, il perdit jusqu'à quinze kilos. Mais quand nous arrivâmes à la Sierra, il en pesait cent.

Fidel parle d'une voix douce. Il fait des gestes un peu désordonnés avec ses grosses mains. Son tic caractéristique : serrer sa barbe, longue et inégale.

Pendant cette période, il lisait quand il pouvait. Entre autres titres : *El mariscal Mennerheim*, *La élite del Poder*, les œuvres complètes de José Martí. Curieux : à Guisa, il lisait un ouvrage sur l'élevage.

Fidel utilise six paires de lunettes. À monture épaisse, en écaille. Il est très myope.

L'écriture du leader est fine, soignée, claire. Il écrit vite. À défaut d'une machine, Celia recopie pour lui les documents importants en écriture scripte. La mémoire de Fidel est prodigieuse. Il dit à un soldat qui se présenta à Contramaestre : « Tu étais à la caserne de Moncada en 53. Un jour, tu m'as conduit dans ma cellule. »

Pendant un entraînement de tir, un paysan fit passer ses mules sans attendre l'ordre du poste rebelle. Fidel cria : « Camarade !… Vous ne pouvez pas attendre deux minutes ? J'attends depuis deux ans… »

À Providencia, nous parlions de l'armée allemande. « C'étaient les meilleurs guerriers du monde », affirmai-je. « Oui, mais ce furent aussi les pires hommes politiques du monde », répliqua-t-il.

Dans sa cabane du campement de La Plata, il n'y avait que trois photos. Elles étaient toutes trois de Fidelito, son fils. Il est fier de lui car le garçon a gagné une compétition de natation.

Le hamac de Fidel est de fabrication mexicaine, le seul de la Sierra avec une moustiquaire en nylon. Mais il ne s'en est jamais servi.

Il porte deux montres au poignet gauche. D'après Celia « c'est un expert pour ce qui est de casser les montres et les lunettes ».

(José Pardo Llada, *Bohemia,*
Edición de la Libertad.)

La dernière fois que je l'ai vue

Un jour, je l'ai vue pleurer sur son bureau. Elle n'était pas femme à pleurer, ce fut peut-être le fruit de mon imagination. Je frappai à nouveau à sa porte et elle ne voulut pas sortir. Je décidai de partir sans lui parler.

Nous ne nous étions pas entretenues depuis un certain temps. Mais ce jour-là, je voulus aller la saluer. Nous faisions des interviews dans ce qui serait plus tard le parc Lénine et je la vis travailler dans un lieu à l'écart.

Je sortis du groupe, les gens de la station ne s'étaient pas aperçus que la voiture de Celia se trouvait devant la porte, elle n'avait plus la jeep et conduisait une Fiat neuve. J'entrai dans une zone où l'on mettait du marbre, et je m'assis pour attendre qu'elle sorte. Elle avait l'habitude d'aller à sa voiture pour chercher des cigarettes et une couverture.

Elle se trouvait enfin devant moi, fumant comme un pompier. Avec ses mains fines aux veines saillantes, ses cheveux noirs retenus par un ruban et une fleur des champs sur l'oreille. Elle vint me serrer dans ses bras. Elle essaya de dire qu'elle allait bien, mais je savais que ce n'était pas le cas. On voyait qu'elle était épuisée. Cernes, tremblements. Ce n'était plus la femme que j'avais connue à La Havane. Je m'assis avec elle dans un coin et nous commençâmes à dire à peu près ce qui suit :

CELIA : Ta sœur est partie, m'a dit Pucha.

MOI : J'ai essayé de te voir pour te raconter ce qui était arrivé.

CELIA : Pourquoi est-elle partie, elle qui voulait finir ses études et se spécialiser ?

MOI : Elle restait des heures à la morgue car elle disait qu'elle avait chaud dans la maison des visites. Elle était fatiguée et mes parents lui ont proposé de partir avec eux. Ma sœur devenait folle, Celia. Elle ne parlait que de tumeurs, d'instruments pour découper des morts, le microscope l'isolait. C'était le moment et elle est partie. Je me suis même sentie coupable qu'elle reste pour s'occuper de moi ; personne ne peut s'occuper de moi.

CELIA : C'est dommage. Mais même ma famille est partie à cause de ça ou pour ça, c'est la tête qui doit être ici et maintenant.

MOI : Je n'en peux plus, je suis la prochaine.

CELIA : Je ne crois pas, dit-elle en allumant une Chesterfield avec le mégot d'une autre. Tu es ici parce que tu peux encore.

MOI : Depuis que j'ai été renvoyée de l'École nationale d'art suite à des calomnies, je ne supporte ni n'approuve cette horreur consistant à poser des questions sur la vie intime des gens. Aucune famille n'y résiste. Il n'y a pas de respect, je ne veux pas que ma fille…

CELIA : Comment va ta petite ?

MOI : Très bien. Les enfants sont très forts et vous donnent du souffle pour continuer au milieu de tout ce qu'on ne supporterait pas seul. Nous avons beaucoup souffert, je ne supporte plus qu'on entre dans ma vie, dans notre intimité, qu'on me pose des questions.

CELIA : Tu sais ce qu'on dit de moi ? Même si tu le sais, tu ne me le diras pas. Mais moi, je sais ce qu'on dit. (Celia me regardait fixement, de son regard noir pénétrant. Ella toussait, fumait, respirait avec difficulté.)

MOI : Le peuple t'aime beaucoup. Tu le sais.

CELIA : Je ne suis pas sotte, ils m'aiment parce que je ne me détache pas d'eux, je les vois, je les touche, je suis dans la rue tous les jours. Mais pour cette même raison, parce que je suis ici, je sais qu'il y en a qui ne m'aiment pas autant. Les choses ne sont pas aussi tranchées. On a dit que j'étais spiritiste, ou, comme je protège les homosexuels, on pense que je peux l'être. Je ne me suis jamais mariée et cela fait jaser. C'est comme à Manzanillo, on racontait toujours des choses sur les vieilles filles comme moi. On parle et je fais la sourde oreille, on dit que je suis la femme de… bref, que mes nièces sont mes filles. On a dit tant de choses sur moi ! Et même que j'approuve les exécutions capitales. Celle dont on doit être contente, c'est de soi-même. On ne peut pas vivre en attendant les rumeurs. Il faut être intègre pour soi-même, non à cause de ce que pourraient raconter les gens. Mais si tu t'en vas à cause de ce qu'ils racontent, alors tu n'es pas celle que je crois. Excuse-moi.

Celia se dirigea vers sa voiture. Elle me proposa de monter. En chemin, comme si nous l'avions pensé en même temps, nous prononçâmes toutes les deux le nom de ma sœur, et celle-ci me manqua alors beaucoup. Pas la pathologiste folle mais la sœur candide qui regardait fixement Celia, à la sortie de l'hôtel Habana Libre, à l'époque où nous arrivions dans la capitale habillées en alphabétisatrices.

CELIA : Pourquoi est-ce que les gens partent comme ça, hein ?

MOI : Ce n'est pas à cause d'une rumeur, tu peux en être sûre.

CELIA : L'autre jour, je me suis fait faire des analyses, je parlais à une pathologiste. Je pensais tellement à ta sœur. Elle m'aurait certainement dit la vérité. Elle n'y allait pas par quatre chemins. Elle me rappelle Griselda, ma sœur, elle lui ressemble, rien ne l'arrête. Elle avait un grand sens de l'humour.

Nous rîmes avant de nous taire jusqu'à la ville, on n'entendait que sa toux et le mouvement monotone des essuie-glaces. Il tombait une pluie très fine et La Havane ressemblait à une petite maquette devant nos yeux. À chaque fois que j'étais en compagnie de Celia, je sentais que cette ville pouvait changer, bouger, s'améliorer. Et je voyais tout d'en haut, tranquillement.

MOI : Celia, tu n'as jamais aimé l'idée d'être Première dame ?

CELIA : Tu dis de ces folies ! À quel moment, ma petite ? Je n'ai jamais été Première dame. Cela n'est pas pour moi. Je n'ai jamais eu de pensées aussi sublimes, il y a beaucoup à faire ici bas. On voit tout de suite que tu as fait des études dans un collège américain et protestant. Descends de voiture, on arrive.

Je restai rue 11 jusqu'à l'aube, elle n'arrêtait pas de tousser, elle s'étouffait. Nous appelâmes son médecin. En attendant son arrivée, nous continuâmes à parler de ceux qui étaient partis. Elle n'avait plus la force de discuter, mais elle discutait. Elle toussait beaucoup et fumait sans cesse. Si je tins quelques années de plus, ce ne fut que pour ma fille et pour elle. Pour ne pas lui déplaire, même si Celia et moi ne nous revîmes pas par la suite. Cette soirée fut la dernière.

Idées/Notes

Caractéristique fondamentale de Celia : l'abandon absolu des intérêts personnels au profit de son prochain.

Son attitude : la vocation consciente du renoncement. Le service comme devoir naturel qui n'a pas besoin de reconnaissance ni de stimulation.

Façon de se manifester : passer inaperçue.

Son conflit : la révolution est une voie sur laquelle, une fois engagé, on ne peut pas s'arrêter. S'arrêter équivaut à mourir. On peut juste avancer. Mais cette lutte continue à coûter des vies. Chaque pas exige son quota de sang.

Sa douleur : Celia fit partie du groupe de jeunes bons, élevés pour des professions nobles, qui assumèrent volontairement la possibilité du martyre : Abel, Renato, Juan Manuel, Alomá, Tey, Frank et Josué, José Antonio, Lidia, Clodomira, Ramos Latour, Ángel, Gustavo et Machaco Ameijeiras, El Vaquerito, Paco Cabrera, Camilo, Che, San Luis et bien d'autres. Ceux qu'elle avait recrutés ou des proches tombèrent également dans la zone de Manzanillo : Ignacio Pérez, Beto Pesant, Braulio Coroneaux, Ciro Frías, René Vallejo, Piti Fajardo.

Parmi ces jeunes gens qui commencèrent la Révolution et furent de toutes les batailles, seuls quatre survécurent : Fidel et Raúl Castro, Juan Almeida et Ramiro Valdés.

Haydee se sentit écrasée par tant de morts et elle s'ôta la vie. La différence avec Celia est que, à la longue, Celia aurait pu surmonter toutes les morts possibles, sauf une.

Sa religiosité : nous ne savons pas si elle conserva sa religiosité dans la Sierra grâce au père Guillermo Sardiñas, chapelain de l'armée rebelle. Avec le triomphe de la Révolution elle subit un changement radical. D'après elle, l'assentiment du clergé pour utiliser les églises comme tribunes politiques contre la Révolution, eut pour résultat que de nombreux catholiques abandonnèrent la pratique de leur foi. Celia préféra ne plus aller à l'église car, étant donné sa position élevée dans la hiérarchie politique, sa présence aurait provoqué des polémiques complexes.

Son comportement quotidien : maintenir les trois principes de base de la guérilla mentionnés par le Che : surveillance permanente, mouvement permanent, action permanente. Et travailler de nuit ; dormir parfois ; rejeter le superflu ; ne manger que pour assurer les fonctions biologiques ; s'habiller rapidement ; estimer les objets personnels pour leur utilité ; se suffire à soi-même.

Sa magie : elle n'eut pas de grade militaire ni de charges importantes ; cependant, elle incarnait l'image noble de la Révolution.

On parle de l'éventuelle relation amoureuse entre Fidel Castro et Celia Sánchez. Il n'y a pas de véritables indices, et personne ne veut en parler. Si c'est exact, le secret fut si bien gardé que tout ce qui pourrait être dit passerait pour fantaisiste et peu fiable. Ce n'est pas non plus le plus important. Réduire à une relation de couple le lien entre Fidel et Celia reviendrait à vulgariser l'histoire.

Pendant que Fidel était au Mexique, organisant la guérilla, Celia, sans l'avoir connu personnellement, avait déjà développé une immense activité, recrutant un très vaste réseau de collaborateurs afin d'appuyer le débarquement du *Granma*. Et quand celui-ci se produisit, dans les conditions les plus adverses que l'on puisse imaginer, elle se consacra à envoyer des renforts et des moyens de subsistance au noyau guerrier décimé, en garantissant par là sa survie.

Celia connut personnellement Fidel en février 1957, c'est-à-dire presque quatre ans après l'assaut de la caserne Moncada. Peut-on pour autant dire qu'à partir de leur rencontre, son dévouement à Fidel augmenta de façon inconcevable ? Oui. Mais elle ne fut pas la seule. Fidel subjuguait hommes et femmes à parts égales. La différence avec elle, c'est qu'étant une femme, elle put l'approcher de plus près que tous les autres, et qu'elle avait le pouvoir de faire ce qu'il n'aurait permis à personne d'autre.

Et pour ces raisons, après le triomphe de la Révolution, Celia, sans avoir aucun grade militaire ni charge importante au sein du gouvernement, devint la figure féminine de la plus haute autorité morale et politique du pays, sans que personne ne mît cette position en cause, juste au-dessous de Fidel et de Raúl Castro. Et ce fut le cas jusqu'à sa mort.

Comment Fidel apprit la fuite de Batista

PAR JOSÉ PARDO LLADA

Le 31 décembre 1958 surprit le commandement général de l'armée rebelle campant dans le *batey*[1] América. Fidel, Celia, les commandants Calixto García, Paco Cabrera et d'autres membres de l'état-major restèrent jusqu'à une heure avancée à Palma Soriano, qui s'était rendu cinq jours plus tôt aux troupes du 26 Juillet. Autour de minuit vingt, quand nous dormions tous dans la grande maison de don Ramón Ruiz, responsable des machines de l'ingénierie, nous fûmes réveillés par une ronde qui entonnait la marche du Mouvement. C'étaient les jeune filles de la troupe Mariana Grajales qui improvisaient une sérénade du nouvel an. Puis on entendit la voix de Celia Sánchez qui remerciait les vaillantes combattantes de l'escadron féminin. Les jeune filles partirent en remplaçant les notes martiales par celles, douces et mélancoliques, de « Nuit

1. Village autour d'une usine à sucre.

de Noël ». À une heure du matin – pendant que le campement de Columbia fourmillait d'allées et venues –, le *batey* América était tranquille. Tous, même Fidel Castro, indifférents à ce qui se passait à La Havane.

Le premier jour de l'année, nous nous réveillâmes à six heures du matin. Nous bûmes le café avec Olivera, le chef des tranchées et sous le porche de la maison nous nous mîmes à commenter les incidents de la reddition de Maffo, dont la garnison avait résisté pendant vingt jours sous le feu des canons, mortiers et bazookas de l'armée rebelle. Il devait être sept heures et demie du matin quand nous vîmes Fidel. À ce moment, il ne savait absolument rien de ce qui s'était passé à Columbia. Il était indigné car certains rebelles avaient gaspillé des munitions en célébrant l'arrivée du nouvel an par des coups de feu.

— Tu n'as pas entendu la *fusillade* de cette nuit ?

Et il ajouta sur un ton sentencieux :

— Je vais faire passer en conseil de discipline tous ceux qui ont gaspillé les balles que nous avons eu tant de mal à obtenir. Je vais limiter tous ceux de Contramaestre à cinquante balles chacun. Figure-toi que certains ont tiré jusqu'à cinq chargeurs.

Et en faisant des allées et venues à grandes enjambées, il ajouta :

— Encore une célébration, et je n'ai plus de balles.

Dans une de ses postures caractéristiques – les épaules tombantes, les mains croisées dans le dos, l'air absorbé –, il croisa le capitaine Raposo, officier de l'armée ayant rejoint les forces rebelles. Celui-ci lui souhaita une bonne année, et Fidel répondit :

— Vous croyez qu'elle sera vraiment bonne, capitaine ?

Quelqu'un précisa :

— Ce sera l'année de la victoire.

Fidel sourit et, nous posant une main dans le dos – un autre de ses gestes habituels, comme s'il s'excusait de son gigantesque mètre quatre-vingt-huit –, repartit posément :

— Ce dont je suis sûr, c'est que cette année sera celle des inquiétudes. Plus la victoire est grande, plus les responsabilités le sont.

Comme il devenait un peu grave, il adoucit sa remarque d'une allusion festive aux nourritures frugales de la Sierra Maestra :

— L'année 59 sera celle des inquiétudes. 58 fut celle des têtes de bétail. Et 57 celle de l'igname.

L'aide de Raposo, un gros homme, jovial, satisfait, fit un commentaire qui aurait valeur de prophétie :

— Eh bien, vous savez, Commandant, j'ai rêvé que Batista était tombé.

Fidel ne répondit pas. Au bout de trente secondes pendant lesquelles nous nous tûmes tous, il se tourna vers Manolo Penabaz, notre collègue qui venait d'arriver de Contramaestre et lui demanda :

— Des nouvelles ?

— Eh bien, beaucoup de bruits courent depuis hier, répondit l'auditeur de Las Vegas. La famille de Batista est partie ; il y a des réunions à Columbia. Mais tout ça ressemble à des rumeurs, à un travail de sape.

Évidemment, Fidel semblait plus soucieux que d'habitude. Sa carabine M-2 sur l'épaule et la casquette en avant, il reprit ses allées et venues nerveuses devant la maison d'habitation. Celia arriva avec des lettres pour le Commandant et le groupe se dispersa. Nous allâmes dans une maison proche demander de l'aide pour démonter un rouleau d'appareil photo.

Nous ne nous souvenons pas exactement, mais il devait être huit heures moins le quart, peut-être huit heures, quand nous entendîmes un flash de Radio Progreso :

« D'ici quelques minutes nous fournirons de plus amples informations au peuple sur la situation de Cuba. Il se tient actuellement au campement de Columbia une importante réunion à laquelle ont été convoqués les journalistes. »

Nous n'avions pas besoin d'en entendre davantage. Nous laissâmes le Kodak et le rouleau et allâmes – presque en courant – donner des nouvelles à Fidel.

Le Commandant s'apprêtait à prendre son petit-déjeuner. Comme pour lui faire oublier la faim qu'il avait connue dans la Sierra, la maîtresse de maison – Yolanda de Ruiz – lui avait préparé, en plus du café au lait, du poulet au riz. C'est-à-dire, en plus du poulet au riz, un petit-déjeuner avec du lait et des tartines beurrées. À table, à côté de Fidel, se trouvaient à cet instant Celia Sánchez – mince, menue, fine –, Marcelo, son assistant – un garçon de dix-neuf ans qui portait invariablement le fameux fusil à mire télescopique –, le commandant Aldo Santamaría, directeur de l'École rebelle des recrues et le commandant Calixto García, d'autres du *Granma*.

Nous répétâmes à Fidel la teneur du flash que nous venions d'entendre et il se leva immédiatement. Davantage que la surprise, son visage reflétait l'indignation. Il arriva à la porte du séjour et recula.

— Comment as-tu appris la nouvelle ?

— Par une équipe de La Havane, Radio Progreso.

Celia entra dans la pièce qui servait de chambre à Fidel. Nous étions tous silencieux. Tous suspendus à la décision du Commandant.

Fidel tortillait les poils de sa barbe et faisait des efforts pour se contenir. Il devait y avoir alors douze ou treize personnes dans la maison. Enfin, comme soulagé, il dit à voix haute :

— C'est une lâche trahison ! Une trahison ! Ils veulent escamoter le triomphe de la Révolution !

Tenaillé par le besoin d'action, il sortit sur le pas de la porte et cria :

— Je pars immédiatement pour Santiago. Il faut prendre Santiago immédiatement. Qu'on aille chercher René de los Santos. Qu'on appelle Calixto.

Que les capitaines de Santiago se présentent sur-le-champ.

Quelqu'un – Ramoncito, je crois, le maître de maison – arriva avec d'autres nouvelles :

— Une radio américaine vient d'annoncer que Batista et sa famille avaient quitté Cuba.

Fidel répétait :

— Il faut donner l'assaut à Santiago sans plus attendre. S'ils ont la naïveté de croire qu'ils vont paralyser la Révolution par un coup d'État, nous allons leur prouver qu'ils se trompent.

Luis, le dentiste personnel du Commandant – qui était en même temps le responsable des munitions et du matériel de guerre – s'approcha de lui :

— Excusez-moi, Commandant, mais je crois que vous devriez attendre. Au moins un quart d'heure.

Avec une résolution tenace, Fidel continuait à appeler ses officiers, donnant des ordres pour marcher sur Santiago de Cuba.

De façon disciplinée, le dentiste et logisticien ordonna immédiatement que les camions militaires partent pour Santiago de Cuba. En même temps, les commandants de l'état-major arrivaient. Fidel ne faisait pas de commentaires. Il donnait des ordres.

— Que Pedrito Miret prenne le tank et le conduise tout de suite de Maffo à Santiago. Que la troupe d'Hubert Matos se prépare à attaquer avec l'artillerie la caserne de Moncada. Que tous ceux qui sont à Palma et à Contramaestre se rendent à El Cobre.

Luis Orlando Rodríguez, le vieux combattant révolutionnaire, arrivait. Il était accompagné par Jiménez, le Dominicain, encore convalescent d'une blessure grave reçue au ventre lors de la canonnade de Maffo.

Des gens qui entraient et sortaient de partout faisaient d'autres annonces :

— Maintenant la radio annonce que Cantillo a pris le commandement de l'armée. Le président est Piedra, magistrat au Tribunal suprême. Batista a fui à Saint-Domingue. Ledón, du ministère du Trafic routier, est chef de la police.

Au milieu du remue-ménage, Fidel s'appuya contre une armoire et, sortant un carnet de notes – qu'on vend à moitié prix dans les magasins « tout à 10 francs » –, il commença à écrire sa réponse au coup d'État.

Dix minutes plus tard, il lisait ses instructions à tous les commandants de l'armée rebelle et au peuple :

INSTRUCTIONS DU COMMANDEMENT GÉNÉRAL
À TOUS LES COMMANDANTS DE L'ARMÉE REBELLE
ET AU PEUPLE

Quelles que soient les nouvelles provenant de la capitale, nos troupes ne doivent faire feu à aucun moment.

Nos forces doivent poursuivre leurs opérations contre l'ennemi sur tous les fronts.

Que l'on ne reçoive pour une audience que les garnisons qui souhaitent se rendre.

Il semble qu'un coup d'État se soit produit dans la capitale. L'armée rebelle ignore dans quelles conditions il s'est produit.

Le peuple doit rester très vigilant et ne suivre que les instructions du commandement général.

La dictature s'est effondrée en conséquence des écrasantes défaites subies lors des dernières semaines.

Comment nous avons accueilli la nouvelle (I)

Ce mardi-là, je remplissais la baignoire d'eau. Je l'accaparais, pensant que le camion-citerne pouvait traîner. Il valait mieux en profiter et monter seau après seau ce que l'on pourrait.

Horaire de l'eau : lundi, mercredi et vendredi.

Si un jour un quartier prend du retard, il faut répartir l'eau ailleurs, et nous pouvons ainsi passer cinq jours sans approvisionnement. Dans ce pays où rien ne va de soi nous sommes attentifs à ces détails de la vie quotidienne. C'est incroyable. On peut consacrer toute la journée à la question de l'eau. Tourner le robinet et voir couler l'eau est loin de la réalité cubaine.

J'étais au lit avec ma fille. Il n'y avait rien à faire, j'étais hébétée, en train de relire mes programmes de radio, à fumer.

Tout le monde me vole mes idées. On sort du pays mes émissions sur d'anciens *soneros* et elles deviennent des pièces de collection même s'il ne s'agit que de notes, de livres de bord sonores. C'était à cela que je pensais quand j'ai saisi le seau et me suis mise à l'ouvrage.

J'ai les veines saillantes d'avoir fait ce fichu effort de monter et descendre des seaux d'eau. Dire que j'ai cueilli tant de café pendant toute ma vie et qu'aujourd'hui il n'y a rien à mettre dans la cafetière, ni eau ni café. Quelle horreur ! Mon estomac vide me donne des nausées. Il monte et descend, descend et monte 328 marches jusqu'à remplir une baignoire datant de 1936. Quand j'en étais à la moitié, Pucha est arrivée en pleurant, elle s'est assise sur le bord laqué de la baignoire et elle m'a dit :

— Tu vois ? C'est fini, je savais qu'elle était en train de mourir, on me disait le contraire et regarde.

J'ai allumé la radio mais, ils ne disaient rien à ce sujet. Rien de rien.

Il fallait essayer de réveiller Nadia pour accompagner Pucha. La petite était épuisée, nous l'avons laissée cinq minutes de plus au lit.

Je suis entrée dans la baignoire pleine d'eau, me suis savonnée en me frottant énergiquement avec du shampooing et du savon de bonne qualité, me suis rincée en salissant l'eau propre, les cinq jours à venir ne comptaient plus. « Ce qui a commencé a commencé », ai-je pensé. J'imaginais le visage de Celia morte, ses yeux clos. Les papillons autour d'elle, les gens qui pleuraient. Tout ce qui allait venir m'est apparu comme dans un flash. C'était une folie mais je la voyais flotter comme Ophélie sur l'eau, de l'eau de papillons, les mêmes que Raúl

Martínez avait peints pour elle. L'écume m'empêchait de voir le fond rongé de ce qui avait un jour été blanc, maintenant plus rien n'était blanc. De la rouille s'accumulait à mes pieds. Quelque chose était oxydé là-dessous. Plus rien ne peut être comme avant. Le visage de Pucha disait tout. Larmes, oxyde et savon.

QUATRIÈME PARTIE

Je n'ai jamais été première dame

Terre ou sang ?

Épuisée, je finis de lire ce qu'ils ont laissé de vivant dans le livre de ma mère.

C'est à mon tour de faire des recherches sur Celia. Je vais reconstruire le roman même si je sais qu'aujourd'hui encore à Cuba, ce sera difficile pour moi. Même si je renverse son bureau inaccessible, je n'en saurai pas plus. Là-bas, il y a des gardes, des feux rouges. Tout a été bouclé. Son bureau parle des autres, elle y a mis son corps et son âme. Ce que ces hommes protègent ne la renferme plus.

Nous croyons tout savoir de la vie des autres. Et même tout savoir de nos propres vies, mais ce n'est pas le cas. On nous maintient en état de vigilance, entraînés à la vie grégaire. À l'affût des gestes et des symptômes d'autrui. Nous expliquons sans qu'on nous interroge. Il est suspect de ne pas être exposé dans cette société où la surveillance a été tracée – elle aussi – selon les principes de l'urbanisme. Nous croyons tout savoir de l'autre, et nous pensons de surcroît que nous connaissons chaque détail de nous-mêmes, peut-être parce que la lumière ne laisse pas de place au mystère, mais ce n'est pas vrai.

Approcher la vie d'autrui ne fait qu'aiguiser notre méconnaissance de notre propre univers. C'est fascinant, on se perd et on commence à incarner le personnage que l'on cherche. Celia a scellé ses étagères ; clôturées les issues de secours, les menus secrets ont été brûlés pour toujours.

Elle s'était consacrée à la conservation du patrimoine d'autrui. Elle gardait chaque petit papier, notait ce qui était important, même si personne ne pouvait le percevoir. Elle se maintenait dans une transparence absolue. Elle était sûre qu'une seule trace d'elle trahirait l'existence de l'autre, que toute infidélité ferait échouer ses intentions. Son sillage reste dans l'histoire des autres. En cela elle ressemble à ma mère qui conservait ce qui appartenait aux autres et dont l'existence ne peut aujourd'hui être reconstruite qu'à partir de celle des autres.

Veillée funèbre de Celia. Ma mère. Les papillons. Le peuple

Je me rappelle presque tous les défilés auxquels j'ai participé. Je me rappelle aussi ma mère qui ne faisait pas de bruit pour ne pas se rendre à certains défilés. Elle avait des raisons complexes, à chaque fois qu'elle me les expliquait, elle se mettait à pleurer alors je ne comprenais plus ce qu'elle essayait de me dire ; j'obéissais. J'avalais tout parce que je ne supportais pas de la voir pleurer, encore moins à cause d'un simple défilé auquel assistaient mes amies avec leurs mères. Nous avons toujours assisté au même défilé. Un seul, mais très lon-on-ong.

Dans la boîte noire en carton, je ne trouve rien sur l'enterrement de Celia, sur le moment où ma mère m'a emmenée la voir et où nous avons déposé la fleur. Nous passâmes des heures dans une file qui longeait la rue Paseo. Nous avons fini par entrer dans un grand salon avec du marbre, un drapeau et beaucoup de fleurs. Je n'ai pas vu la morte, j'ai gardé les yeux clos ; ma mère m'a portée pour que je lui envoie un baiser. J'ai crispé les paupières et envoyé des baisers en l'air.

J'avais peur, c'était la première fois que je verrais un mort, ainsi je ne savais pas ce que je pourrais voir et j'ai décidé d'omettre l'image. Ma mère disait que c'était une amie. Pour moi, c'était un cadavre.

Je déteste l'odeur des papillons car elle me ramène à l'épisode de l'amie morte de ma mère, à sa tristesse. Je pensais qu'elle allait mourir de pleurer autant.

Je n'ai plus jamais défilé ; dans mon pays, on organise toujours des défilés pour les grands événements, et je les relie toujours à la douleur de ma mère. Voir la place de la Révolution et sentir l'odeur des papillons me font le même effet.

Je vois des gens pleurer sur mon passage, ma mère pleurer… je me perds dans cette mer de larmes, je ne suis plus moi et je commence à être ma mère gonflée de larmes qui coulent par terre, des larmes qui me plongent dans la nostalgie. C'est une décision : je n'irai pas là où la mort me détruit.

La bibliothèque avec une couverture

La maison de mon enfance était divisée ; l'espace que je partageais avec ma mère mesurait moins de quarante mètres carrés mais nous avions malgré tout deux bibliothèques. J'étais petite quand *Mami* est partie, mais j'ai conservé les deux bibliothèques dans ma mémoire.

On pouvait voir une apparente ligne frontale d'étagères contenant des biographies, des journaux, des romans, des recueils de poèmes et, derrière, camouflée, la bibliothèque des livres recouverts, l'espace secret, le labyrinthe préféré de nos amis.

Quand on parlait au passé de quelqu'un qui était venu nous voir une fois et avait pris le café dans notre séjour, c'était parce que ce quelqu'un n'était plus parmi nous. Quand on mentionnait son nom à voix basse, avec des surnoms ou des noms transformés, il était devenu un « innommable », quand on tendait l'exemplaire devant les yeux d'un autre ami, apparaissait un nouveau livre recouvert. Le même, mais « relié à la main ». Rebaptisé sous des titres inoffensifs tels que : *Manuel d'instructions,*

Collège des amis. Comment apprendre sans souffrir ? de J. J. Almirall.

Ceux qui atterrissaient dans le fond, dans l'obscurité étendue, au milieu d'une architecture invisible, dans le labyrinthe où étaient rangés les plus convoités. Des livres humides comme les outils du comte de Monte-Cristo. Chacun d'eux arrivait chez moi de façon différente. C'étaient les « années sombres », et les textes sombres étaient cachés là.

Cette liste de titres n'était pas donnée à tous, on ne la prêtait presque à personne, ces exemplaires ne sortaient pas de la maison. Entre les repas inventés et les ersatz de café, on les lisait debout.

Ma mère fut toujours la reine cachée de ce petit cercle d'apprentis, elle jouissait et souffrait du halo que lui conférait le *ne pas pouvoir-ne pas réussir-(ou ne pas vouloir)* éditer ses vers. Dans les années soixante-dix, elle avait remis un original à l'une des rares maisons d'édition cubaines d'alors, mais elle n'avait obtenu aucune réponse. Ses démarches s'étaient arrêtées là. Ce n'était pas que de la censure. Ma mère n'aurait pu publier nulle part. Ce fut une brillante coureuse de fond ; elle attira un groupe d'artistes qui font aujourd'hui partie de l'intelligentsia cubaine active hors de Cuba comme sur l'île. Ma maison était le centre d'attraction de nombreux poètes, l'axe de nombreux débats, de maux de tête, de fêtes, de discussions, de pleurs, d'adieux et de fâcheries pour ceux qui n'acceptaient pas la diversité d'opinions de cette époque.

Un ami qui tombait en disgrâce était un ami que ma mère recueillait. Elle classait ses livres pour les protéger ; de la sorte, ils sont parvenus à additionner plus de trois cents volumes recouverts. Et comme le but de ce genre d'amis était presque toujours d'émigrer, les livres restaient en sécurité parmi nous.

Quand je les ai lus, ma mère n'était plus avec moi, elle avait dit au revoir à tout le monde mais elle est partie sans prendre congé de personne. Peu à peu, j'égrène ces questions : qu'est-ce qui pouvait justifier la censure : l'auteur ou le contenu ? peut-on se passer toute sa vie de ces auteurs à Cuba ?

Le « nid » de ma mère a regagné le même lieu sombre, elle cache dans un endroit précis sa boîte à trésors, elle extrait de la sacoche sept livres recouverts précautionneusement, continue à tracer ses zones de confiance. C'est la peur qui confond et raréfie tout.

Quand j'ai connu Eliseo Diego, j'avais huit ans, et j'ai demandé à ma mère :

— *Mami*, il écrit des livres « recouverts » ?

— Non, il écrit des poèmes à réciter de mémoire, même s'il appartient à une génération recouverte.

(Son fils, Eliseo Alberto Diego, *Lichi*, descendant de la lignée d'*Orígenes*[1], lui, écrit des livres recouverts.)

1. Génération de poètes cubains réunis autour de la personnalité de José Lezama Lima et de la revue *Orígenes*.

Nous sommes près de dénuder les livres. J'amène ma mère jusque sous le porche, je la couvre car l'air de la mer est traître. Je l'installe dans le fauteuil en bois qui est devenu le sien au fil des jours. Je souhaite qu'elle voie notre rituel au premier rang. Nos demandes, nos prières, sont enfin exaucées.

Lujo et moi allumons un bûcher dans le jardin qui donne sur le Malecón. Là, nous retirons l'écorce, le bâillon, le masque ou la ceinture de chasteté des livres, les libérant de la peur, jetant les couvertures pour que le feu les dévore. Certaines présentent des photos de martyrs ; d'autres le visage de mannequins russes, les plus récentes des publicités et affiches de films américains.

Le feu nous fait délirer. Ma mère ne sait pas bien pourquoi, mais elle applaudit quand elle le voit brûler. Lujo pleure et je ris. Je ne veux pas oublier ce moment. Voilà la liberté conquise par le feu, ma petite vengeance historique. Le moment d'ouvrir les coffres, de révéler ce qu'ils ont contenu et de laisser sortir l'air humide du Malecón de La Havane est arrivé. La lumière dorée allume ses prénoms et ses noms.

Chers auteurs : je vous présente La Havane en couleurs.

Je me demande quand ils vont les laisser passer la douane, ou à quel moment ils vont être édités une bonne fois pour toutes à Cuba. Pas un livre caché de plus, pas une parole tue de plus. C'est mon plus cher désir en tant que citoyenne.

Ma bibliothèque est nue, je dois maintenant sauver ma mère. Avant qu'elle ait complètement perdu la mémoire, elle me permet de lui dévoiler les couvertures originales. Je lui offre le plaisir de les voir dans toute leur splendeur, même si je n'y comprends rien, même s'il est trop tard pour elle. Quelle merveille de les regarder ensemble devant le feu ! Je lis les classiques de l'exil comme je lis les classiques qui vivent et meurent ici.

Il n'y a pas de doute. Un bon livre est né pour être édité sur son marché naturel, dans sa patrie, avec le goût d'origine, l'odeur et le toucher pour lequel il a été pensé. Le livre est né pour être lu. Passer le doigt sur la tranche nue et choisir ce qu'est le commandement pour ceux qui souhaitent être écoutés et écouter librement. À bas les livres recouverts !

Ma mère applaudit. Lujo pleure toujours. Je prends des photos pour immortaliser cet instant. Ma nouvelle œuvre.

Monologue avec la télévision

On retransmet à la télévision une interview de Fidel par un journaliste argentin, ce sont des propos qu'il a tenus hors de Cuba. J'essaie, un peu plus tard, de noter les choses que *Mami* répond à Fidel depuis sa chaise.

FIDEL : Oui. On aurait dit un triomphe de la Révolution, mais il fallait l'organiser.

MAMI : Nous étions tous avec toi, je te le jure sur Nadia, ma fille, que je n'ai pas vue depuis vingt ans.

JOURNALISTE : L'effondrement du régime et les débuts d'un gouvernement de gens assez inexpérimentés.

FIDEL : Et pour aller où ? Dites-moi où ? Trouvez-moi un meilleur modèle, et je vous jure que je ferai tout mon possible, je recommencerai à lutter encore cinquante ans pour le nouveau modèle.

MAMI : Le modèle consistant à s'ouvrir au monde. Je t'ai dit qu'on te trompait. Qu'on n'entre et ne sort pas de Cuba sans permission. Je t'ai dit que cela allait te rendre fou, car les gens ont besoin de sentir qu'ils peuvent aller et venir, même s'ils n'ont nulle part où aller ni les moyens de le faire. Aïe, Fidel, c'est ainsi, tu dois voyager et voir un peu de monde sans tous ces gardes, mon vieux.

JOURNALISTE : Comment imaginez-vous l'avenir de Cuba, quand Castro ne sera plus en scène ?

FIDEL : Beaucoup de gens se posent cette question, et moi aussi.

MAMI : Tu dois tout bien préparer, si tu ne veux pas que les gens entrent jusque par tes fenêtres, et que les Américains, qui veulent baiser Cuba, arrivent. Mais, mon petit, dépêche-toi, tu n'es plus un gamin. Dépêche-toi, je te le répète depuis vingt ans et, toi, tu t'entêtes à rester ici comme un gamin avec une glace à l'eau, qui ne la lâche pas alors qu'elle fond. Dépêche-toi, Fidel, on est avec toi.

JOURNALISTE : C'est pour cette raison.

FIDEL : Oui, mais c'est une erreur de croire que Castro est tout, car vous dites : Castro fait ci… Castro en a eu l'idée. Par exemple, je peux m'attribuer, avec honte – car je ne veux pas exalter des choses personnelles –, d'avoir trouvé la façon de résoudre le problème de Batista au moment du coup d'État le 10 mars, et nous n'avions pas un sou ni d'armes mais une force terrible en face de nous et, de plus, personne ne nous prêtait tellement attention, car le gouvernement renversé avait des recours et bénéficiait de l'appui de certains officiers de l'armée. Nous décidâmes que, malgré tout, le problème pouvait être résolu. Il n'y a pas beaucoup de mérite là où il y a aussi beaucoup de hasard. Car si vous me demandez : pourquoi êtes-vous là ? Eh bien, je réponds : question de hasard, entre autres. Maintenant, il y a quelques idées. La résolution de ce problème était plutôt difficile, et de grands risques personnels furent également encourus, mais il fut circonvenu.

MAMI : Écoute ce que je vais te dire. Tu es tout parce que nous savons toi et moi qu'ici nous avons voulu qu'il en soit ainsi. Mais maintenant il faut laisser la place aux jeunes, personne n'est éternel. Je vais faire une crise parce que tu ne m'écoutes pas. Tu ne m'écoutes pas, mon garçon… Petite, petite, éteins-moi cette télévision, je vais avoir une crise et, tant que Fidel ne m'aura pas appelée, ne l'allume pas ! Tant qu'il ne sera pas venu me dire ce qu'il y a de nouveau, ne l'allume pas ! On le trompe. Il n'a personne pour lui dire ce qu'il faut lui dire. Si Celia vivait encore, elle le lui dirait clairement. Car s'il ne s'est pas éloigné de la réalité et du peuple avant, c'est parce que elle le tenait au courant de tout. Sans lui mentir. La vérité vraie.

— *Mami*, calme-toi.

— Éteins cette chose et apporte-moi la radio ; à la radio, il ne dit pas ça.

J'éteins la télévision et je m'aperçois qu'elle pleure en silence, un petit mouchoir de Lujo entre les mains. Je lui mets le journal de vingt heures de la radio. Je reste un moment avec elle. Je passe la main sur sa tête.

— *Mami*, qui suis-je ?

— Ma sœur.

— Et ta fille ?

— À La Havane.

— Et où es-tu en ce moment ?

— Dans les limbes. Laisse-moi pleurer un moment tranquille, seule, pour essayer d'oublier moi aussi.

Elle s'endort dans le fauteuil. Quand Lujo arrive à la maison il est plus de neuf heures, je lui lis les notes des paroles échangées avec ma mère car je ne veux pas oublier. Lujo se met lui aussi à pleurer. S'ils ont tant aimé cela, pourquoi ont-ils pu partir et nous laisser seuls ?

— Tu comprendras plus tard, Nadia. Pour toi, cela commence maintenant. Ta maman a parlé un jour à Fidel dans la maison de la rue 11. Mais personne ne sait ce qu'ils se sont dit car elle n'était pas du genre à faire ce genre de confidence. Cela semble avoir été intéressant, car elle en est ressortie avec de l'énergie pour dévorer le monde, on l'a chargée de l'émission et ce fut le début de son histoire avec la radio. C'est la raison pour laquelle elle a mis si longtemps avant de partir, après l'École d'art… les choses ont beaucoup changé quand Celia est morte. Les gens ne voyaient plus Fidel dans la rue, comme avant.

— Tu ne sais pas ce qu'ils se sont dit, ou tu ne veux pas me le dire ?

— C'était dans le roman volé. Si tu n'as rien trouvé dans les documents de la boîte, oublie. Elle ne l'a dit à personne. Elle est peut-être restée dans cette tête perdue. Nadia, à ce stade, il vaut mieux ne rien savoir du passé. Vis maintenant, c'est ton moment. Je vais me coucher. J'emmène ta mère au lit. Éteins la radio.

Douleur et pardon

Je suis entrée à l'hôtel et, comme toujours, on m'a demandé où j'allais.

— Je vais retrouver un ami.

Le gardien m'a répliqué :

— Un ami ?

Par chance, Paolo B. était déjà sur le seuil de cet hôtel distingué qui renfermait tant de péchés, de secrets, d'affaires propres et sales.

— Cet hôtel doute de moi.

Paolo m'a prise dans ses bras et m'a embrassée sur le front. Nous sommes descendus au restaurant au bord de la piscine. Nous nous sommes assis l'un en face de l'autre. Paolo était différent, sans manteau, sans maquillage. Il a ôté son casque et son écu, il est venu désarmé. Maintenant, il est vraiment cubain, il parle comme nous, tripote, touche ma peau, ouvre les yeux, fait des grimaces en parlant, quelle transformation.

— En trois mots. Tu es ma fille. Voici les papiers. Tu es ma fille. On ne peut plus se voir autrement.

Je le regarde, méfiante. Le visage de mon père me vient en tête, je ne peux m'en empêcher. J'examine les papiers du laboratoire américain d'un tribunal italien. Je ne comprends pas l'italien. Je ne pense plus qu'à la séquence où nous avons fait l'amour. Je me rends devant Paolo, mais ce n'est pas la peine de pleurer ici, c'est déjà un effondrement intérieur, rien ne doit participer à mon désastre. Désastre supplémentaire, on dirait que je peux lutter davantage. Les papiers sont devant moi. Nous attendons quelque chose.

— Qu'est-ce que je dois faire ?

— Signer en bas. Ce qui est à moi est à toi, ce qui est à toi est à moi. Je n'ai pas d'enfants, enfin, pas d'autres.

Je signe les papiers sans discuter, sans le regarder dans les yeux.

Il essaie de faire un discours mais je ne l'écoute pas. Il mentionne des chiffres comme s'il pouvait me dédommager, mais je ne sais pas non plus de quoi. Cela vient de loin. Ses rancœurs passées défilent en se résolvant devant moi.

Je le regarde dans les yeux. Je ne l'écoute plus depuis longtemps. Je tente de reconnaître ses traits dans les miens. Il dit que la famille est de Pinar del Río, que son père avait des plantations de tabac, que je ressemble beaucoup à sa mère… Maintenant une nouvelle grand-mère, une nouvelle maison…

— Quelle folie, Nadia ! Comment ne me suis-je pas rendu compte que tu ressemblais à ma mère ?

Je respire profondément. Si je ne détourne pas l'attention, je vais me mettre à vomir.

Une guide touristique passe en racontant, comme une automate, l'histoire de l'hôtel Nacional. Paolo B. fait sa catharsis en face de moi, j'ai bloqué ma capacité auditive. Comme quelqu'un qui coupe le son d'un appareil, le drame de Paolo est silencieux.

Guide touristique : « Situé sur le promontoire de la côte de Punta Brava, sur la colline de Taganana, presque à l'extrémité de la crique de San Lázaro, lieu habituel de débarquement des pirates, se dresse l'hôtel Nacional de Cuba depuis le 30 décembre 1930, le plus important de la Grande Caraïbe. La colline qui l'héberge accueillit au milieu du XIXe la fameuse batterie de Santa Clara. Le canon Ordóñez, l'un des plus grands de l'époque, repose encore dans les jardins de l'hôtel. De la même façon, sur le chenet de Punta Brava, le régisseur don Luis Aguiar affronta les Britanniques pendant le siège et l'assaut de La Havane… »

Il est pathétique de le voir pleurer à cause de moi, la petite, l'amante. Il me semble ridicule que cet homme soit mon père et d'avoir monté ce numéro de gymnastique sexuelle dans son séjour, loin de cette réalité tangible, crue, cubaine, la mienne.

Je suis perdue dans le désastre et, c'est le pire, je sais que je ne pourrai jamais m'en remettre. Le passé me tire par les cheveux jusqu'à me faire perdre l'équilibre. Je cesse à nouveau d'écouter Paolo, pour me concentrer sur la vie des visiteurs et des mafieux à l'intérieur de cet hôtel.

La guide : « Parmi ses premiers visiteurs illustres se détachent des personnalités de l'art et de la littérature telles que Johnny Weissmuller, Buster Keaton, José Mojica, Jorge Negrete, Agustín Lara, Tyrone Power, Rómulo Gallegos, Errol Flynn, Marlon Brando et le célèbre Ernest Hemingway, qui a donné à notre bar Sirena un exemplaire de castero... »

Je ne veux pas d'informations sur le passé. Le passé ne semble apporter que de mauvaises nouvelles. Le présent est mon affaire. Le passé dépend de cette légion de hippies ou de guérilleros urbains qui se faisaient l'amour pour nous offrir leurs offensives, à nous qui sommes arrivés après. Je sors du salon, embrasse Paolo B. sur la joue. Dans mon nouveau rôle d'orpheline qui a réussi, je ne peux plus l'écouter.

Je demande pardon, pardon. Ça sent Benny Moré.

Douleur, douleur que me cause
mon bien, ce cruel remords.
Douleur, douleur, douleur, douleur que je porte en moi
d'avoir tant pleuré
pardon, pardon cher saint,

pardon de t'avoir abandonné.
Aujourd'hui je veux voir ta vie heureuse et te donner
[un véritable amour.

Je pense à tout ce que je vais lui dire, mais je n'ai pas la force de m'occuper de ma mère, de sortir ses quatre vérités à Paolo, de surmonter la mort de mon père, de les accepter, lui et toute sa famille de Pinar del Río et, de plus, de poursuivre mon œuvre. Je sélectionne les batailles, il faut avaler ces couleuvres. C'est la fin, il ne peut plus venir d'autre mauvaise nouvelle. J'ai touché le fond. Paolo avait sorti des titres de propriété de terres à Pinar del Río, suite à des expropriations de vallées. Il veut que je me renseigne, maintenant que je suis sa fille.

Je respire profondément.

— Ne sois pas ridicule. Ce n'est pas le moment. Laisse-moi comprendre.

Je traverse le jardin en courant. Paolo presse le pas en essayant de me rattraper.

Tout va mal excepté La Havane. La beauté du patio face à la mer semble me contredire. La mer qui nous entoure, qui nous sauve et nous étouffe. Qui nous fait dormir avec les mêmes, accoucher des mêmes et détester les mêmes… mais aussi, aimer les mêmes malgré la mer et malgré eux.

Je pense lui dire : « Vous ne paierez jamais ce que vous nous avez fait. Vous êtes des irresponsables. »

Mais nous nous étreignons à la porte de l'hôtel. Je ne dis rien, je me rappelle que je me suis proposé de lui faire l'amour à Paris, avec la même séduction inconsciente à laquelle s'était exposée ma mère quand ils étaient amants.

— Je te pardonne parce que je me pardonne, mais ne parle plus du passé. Je suis là et voilà. Point final.

Paolo demande s'il peut aller voir ma mère, il est venu pour quatre jours, il lui reste encore à se rendre à Pinar del Río. Je lui dis demain, avec d'autres amis et à l'heure du déjeuner.

Aujourd'hui elle n'est plus en état.

Quand je passe la porte, le gardien demande d'un air moqueur :

— Un ami, hein ? Quel genre d'ami ?

Il n'y a pas de réponses, il n'y a pas toujours de réponses cohérentes aux questions les plus simples. Je descends la petite colline intérieure de l'hôtel Nacional, traverse les courts de tennis avant que les vigiles ne s'aperçoivent de mon passage. Je longe la piscine grillagée. J'écoute les hôtes clapoter dans leurs tropiques socialistes.

J'atteins la rue à l'heure violette, mon corps et ma robe grise colorés de bleu violacé. Je traverse en direction du Malecón et je me demande pourquoi on ne vend pas de pizzas à La Piragua, pourquoi on n'arrange pas les petites maisons rongées par le sel. Pourquoi ? Pourquoi ? Pourquoi cette mer de drapeaux si personne ne nous sauve ? Nous ont-ils vus ? Quelqu'un nous voit-il ?

NOTE :

Personne à la maison. Je tremble de peur. Je continue à écrire dans mon journal.

Du vrai théâtre

— Bonjour, Nadia. Nadiezna. Il y a quelqu'un à la maison ?

— J'ai eu peur, je n'ai vu personne, et j'ai cru... On ne peut pas laisser *Mami* seule. Je viens d'arriver. J'ai quelque chose à te dire, c'est très...

— Pourquoi ces larmes sur ton visage ? Ta mère n'est pas perdue, abandonne le tragique. Regarde comme je l'ai bien habillée pour sortir. Ce sont tes vêtements, mais ce ne sont pas tes vêtements. Qu'est-ce que tu as, ça ne te plaît pas ? Tu me raconteras après, pour l'instant c'est moi. J'ai emmené ta mère dans la rue. On était au théâtre. L'Amadeo Roldán a été très bien restauré, tu ne sais pas les souvenirs que j'ai de l'auditorium. Pas elle (il désigne *Mami*), elle ne se rappelle même plus comment s'asseoir. (Elle est plus heureuse comme ça, finalement, ma petite, vu ce dont elle pourrait se rappeler). On est allé écouter Gideon Kremer et sa Kremerata Baltica. Ce fut un concert spectaculaire. J'ai éprouvé de la nostalgie pour l'ère soviétique. Surtout pour ces petites Baltes enveloppées, aujourd'hui mieux habillées, des bouquets de fleurs dans les mains. Il a joué des pièces de Cherubini, une chose furieusement contemporaine (j'ai eu une pensée pour toi, pour voir si tu arrivais au théâtre, mais vous, les postmodernes, vous avez plus de lacunes culturelles que nous, les anciens). Ils ont aussi joué de petites pièces de Kancheli, Chostakovitch et ils ont fini par la suite « Punta del Este », de Piazzolla. Puis il y a eu un *bis* de Piazzolla et un autre qu'ils ont tiré de la bande sonore d'un western spaghetti, *Pour une poignée de dollars*, je crois ; les musiciens se sont amusés. Ils en profitaient, ça se voyait. Le public s'est très bien tenu, figure-toi que je n'ai pas eu besoin de disputer qui que ce soit pour des bavardages. On était hypnotisés. Le problème est venu du chlore, ou plutôt du manque de chlore. Ces toilettes de l'Amadeo puent comme un zoo en été. Que dirait Roldán ?

— Je suis contente que tu aies emmené *Mami* avec toi.

— Pour suivre ton histoire et, avant que tu me racontes ton problème, on a commencé à applaudir et à crier Bravo ! Vivat ! Des gens debout, des fleurs qui montaient et descendaient, bref, tout ce qu'on aime ici pour rendre hommage aux invités. Au milieu de l'euphorie, il y eut un petit silence et qu'a crié ta mère ? « Vive Fidel ! » Je ne peux pas te raconter l'impact du cri : un silence figé dans la salle. On est partis en courant.

« Quelle horreur ! Quel malentendu ! La pauvre. Cette tête ne comprend plus que la télévision.

— Je ne supporte plus les problèmes, Lujo. Paolo B. est ici et j'arrive de son hôtel. Les choses sont pires que je ne le croyais.

— Paolo B. est arrivé ? Mmmmmm. Et sa peur viscérale des avions ?

— Il m'a dit que tu savais tout…

— Il n'y a pas moins bien informé que moi : je n'ai pas la radio, je ne reçois pas les journaux et j'ai débranché l'antenne de ma chambre depuis qu'on a déménagé. Je ne regarde pas la télévision, même pas dans le séjour. Ça me repose les neurones et j'évite les déceptions et les discussions à sens unique avec le moustachu du bulletin d'information. Je te comprends, mais il faut faire face.

— Il faut faire face à mes parents et à vous tous, car je suis le résultat de cette famille dysfonctionnelle.

— Dieu nous préserve d'intégrer au dictionnaire de cette maison ces mots pédagogiques…

— Je vais coucher *Mami*, après on parlera, toi et moi…

Chaque soir, j'endors ma mère comme une petite fille. Je lui chante quelque chose au lit, je lui lis quelque chose qui lui plaît pour qu'elle n'oublie pas ma voix. Je sais que tout est perdu, qu'elle est venue mourir ici, elle pense que je suis sa sœur.

J'éteins la lumière quand elle dort. Je sors dans le salon et j'écris dans mon journal jusqu'au moment où je tombe de sommeil.

La maison est plongée dans l'obscurité et seuls

les lustres en cristal ambre clignotent jusqu'à l'aube. Le Malecón continue à ruminer ses peurs et moi, effrayée, je vais près du lit de ma mère deux ou trois fois par nuit pour vérifier qu'elle respire.

Je vais devoir la voir mourir. Je ne pourrai pas éviter ce moment. Je nous dessine : là, c'est ma mère à la fin, là, c'est moi qui m'occupe d'elle. Les rôles ont été inversés.

J'hésite à me disputer avec Lujo, c'est la seule personne qui me soutient, alimente et réjouit ma vie. Lujo est ma marâtre.

Ma mère n'a jamais dit qui était mon véritable père. Le savait-elle ? Pourquoi l'ont-ils expulsée de l'École ? Était-elle amoureuse de mon père ou de Paolo ? Que de questions sans réponse ! Le pire est que je n'en ai plus besoin. Ces vies libertines de campement et de *trova*, ont éclairé les années soixante et soixante-dix. J'en suis issue. J'avance comme un animal sans entraînement vers l'un des amants de ma mère. Qu'a-t-elle fait pour que mon odorat la recherche ? La ridicule voix du sang ou une simple chaîne de noms ? Je déteste les listes. Le tâtonnement dans la multitude. Les groupes, les filiations collectives. Comme en mathématiques, nous sommes devant un problème insoluble.

C'est la vie réelle et je mets fin à cette longue récréation, à l'été tranquille dans lequel ils ont vécu. J'efface cette ivresse, je nettoie les chiffons sales de son irresponsabilité. Je jette les couches utilisées par ma mère, je lui fais sa toilette. Je lui apprends à manger quand elle oublie.

Veillée funèbre en vie

Ils étaient déjà tous arrivés et je finissais de nettoyer les épis de maïs ; une fois le ragoût préparé avec du porc et des crevettes, il fallait remuer et attendre que le maïs s'imprègne du goût.

Mon amie Dania était à La Havane. Diplômée de l'École de lettres, elle n'avait plus voulu entendre parler de cette ville jusqu'aujourd'hui, où elle est venue de Cienfuegos pour y soutenir son doctorat. Maintenant elle fait une fixation sur l'Esthétique et ne parle que de « métamasturbation ». Définitions et concepts qui blessent et confondent. Ça ne fait rien, je l'aime comme elle est. Sa maison est loin et on ne peut jamais bavarder que par téléphone. On le sait, on construit, et les critiques mettent en pièces, déchiquettent, dissèquent l'âme que l'on met dans les choses. Ils transforment l'artiste en un patient d'hôpital surtout s'il expose son corps dans ses *performances*, comme je le fais. Dania m'aime, mais c'est ma plus redoutable critique. C'est ma seule amie d'enfance qui vive encore à Cuba. Je dois veiller sur elle comme sur une relique.

Pour Dania, ma mère est un mystère. Elle ne

peut pas croire qu'elle existe encore. J'attendais toujours que pour un de nos anniversaires collectifs à l'école elle arrive avec une énorme poupée et me chante avec les autres parents de la salle : « Joyeux anniversaire, joyeux anniversaire, joyeux anniversaire, ehhhhh ! »

Pauvre Dania, comme la vie est simple pour elle. Si elle voit l'Esthétique de la sorte, nous sommes perdus.

Je laisse Dania devant l'écran pour qu'elle lise les lettres de Diego. Depuis le temps qu'on se connaît, il ne peut pas y avoir de secrets entre nous. Dania est absorbée devant le cristal liquide de ma machine.

Les vieux amis bavardent à la table ronde. Je fais la cuisine pour eux. *Mami* a le regard perdu. Ils font tous attention en parlant, comme si la malade était étrangère ou sourde.

La conversation se déroule, très embarrassée. Je croyais qu'ils allaient se retrouver comme si le temps n'avait pas passé, mais il est impitoyable.

Ils boivent, bavardent, haussent le ton, rient, pleurent. Ils s'échauffent peu à peu, mais je remarque une chose particulière. Ils ne peuvent pas se remettre d'eux-mêmes. Ils ne parviennent pas à saisir le rythme domestique, en se retrouvant entre amis et en confiance. Je suis l'observatrice, la cuisinière, l'hôtesse, je suis la fille.

PAOLO B. : Survivre ne suffit pas, il faut vivre chaque minute.

ADRIANA : Si l'on considère le nombre de ceux qui sont morts à notre âge, merde à la politique et merde aussi au passé. Vive la vie !

(Ils trinquent avec un vin français au goût fruité apporté par Paolo B. pour l'occasion.)

PAOLO B. : À nos retrouvailles, et à la santé, le plus important, dit-il en regardant *Mami* d'un air d'employé des pompes funèbres de province.

MAMI : La santé, ça va, ça vient, regarde-moi. L'important, c'est l'argent.

(Les amis s'efforcent de ne pas rire, sans succès.)

PAOLO B. : La politique ! dit-il en désignant à nouveau ma mère.

LUJO : La politique, c'est comme le sel, sans lequel on ne pourrait pas faire la cuisine. On ne pourrait pas prendre parti pour l'un ou l'autre candidat, ou opter pour une position…

ADRIANA : Lujo, toi qui es allé te promener et rentré vingt ans plus tard, sache qu'ici ce n'est pas une question de sel. La politique est unique et pas très amusante, disons.

ALINA : Aïe !, mon vieux, pourquoi est-ce qu'ils n'arrêtent pas de parler de LUI : Je suis venue ici pour parler d'elle (*regardant ma mère*).

MAMI : Bonsoir, on écoute mon émission ? Une radio, svp.

NADIA : On est ici pour manger ensemble. L'émission est finie.

MAMI : Je t'ai dit de me prévenir. Je ne connais personne.

NADIA : Écoute, je vais te les présenter un par un.

MAMI : Non, non. Et puis ils sont vraiment fous et parlent de choses que je ne comprends pas. Ne compte pas sur moi pour ces amis-là, ils conspirent.

ALINA : Ah ! Je n'en peux plus *(elle pleure)*. Tu ne te souviens pas de moi, de ta meilleure amie ? Comment cela a-t-il pu t'arriver ?

MAMI *(elle prend un air dramatique en la regardant)* : Je t'ai dit non, laisse-moi tranquille.

PAOLO B. : C'est à cause de la politique. Ce système l'a rendue folle.

ADRIANA : Mais elle a passé la moitié de sa vie à l'étranger.

PAOLO B. : À fuir, fuir le système. Ils l'ont rendue folle.

ALINA : Nadia, ma chérie… et qu'est-ce que ça t'a fait, de la voir arriver dans cet état ?

NADIA : Elle est enfin ici. C'est un soulagement.

ADRIANA : Mais on n'est pas tous comme ça, cela donne une fausse idée de ce qu'on vit.

JOSÉ RAMÓN : Nadia… sans indiscrétion, elle a enfin publié son roman hors de Cuba ?

NADIA : Non, c'est une histoire très triste, il n'en est resté que des notes, des fragments du brouillon…

ADRIANA : Je l'ai lu en entier, la folle qui était avec ton père le lui a pris. Par arrivisme, le roman n'avait vraiment rien de spécial. Elle l'a écrit pour Celia, c'était un hommage. Résultat, s'ils se souviennent d'elle une fois par an, « encore pour un anniversaire de sa mort », personne ne parle d'elle en dehors des anniversaires.

PAOLO B. : C'est qu'elle était folle, elle aussi. Condamne la cause, pas les effets.

ALINA : Mais il y a eu des représailles ? On l'a arrêtée ? Pour moi, ça traînait peut-être depuis que ta maman voyait le Che à l'École d'art.

JOSÉ RAMÓN : Eh, doucement, elle ne voyait personne.

ADRIANA : On va arrêter de dire n'importe quoi… Nadia, je ne sais pas si ce que je vais te raconter est juste ou injuste, car j'ai deux ans de moins que ta mère, mais, elle *(elle la désigne, la secoue et lui touche le coude)*, on l'appelait la Première dame. Parce que soit le Che venait la chercher pour lui faire faire un tour, soit Celia lui téléphonait.

MAMI : Non, je n'ai jamais été Première dame. Si seulement…

(Rires.)

JOSÉ RAMÓN : Quelle injustice, Adriana ! Ne parle pas aussi légèrement. Ces mensonges sont entérinés par l'Histoire, puis ils deviennent des mythes. Elle n'était pas comme ça, je ne peux pas laisser dire ça sur elle, parce que c'est injuste. Le Che venait tous nous voir, laisse tomber les spéculations, c'est grave. Le roman, on le lui a pris parce que cette femme voulait obtenir un boulot sur son dos… Elle l'a balancée, et ça a tout foutu en l'air. Elle, c'est sûr, elle a récolté ce qu'elle avait semé. Elle est chez elle, elle dit au revoir à ses enfants qui s'en vont, et elle fait des pâtisseries pour les vendre en dollars.

ALINA : Qui était-ce ?

JOSÉ RAMÓN : Alondra, la journaliste, la petite-fille de ce ministre qui a aussi…

ALINA : Oui, oui, une folle dont la culture s'arrête aux préfaces des livres, qui a été la maîtresse de tout le *monde diplomatique*.

JOSÉ RAMÓN : Le cas Alondra… si vous pouviez la voir aujourd'hui, vous tomberiez raides. C'est ma voisine. On dirait ma grand-mère.

ADRIANA : Cette femme-là *(elle désigne ma mère)* aurait pu être première en tout. Elle peignait et écrivait bien, c'était une chercheuse merveilleuse… C'était, elle n'est plus rien, elle s'est aplatie comme un tapis pour qu'on lui marche dessus.

PAOLO B. : Et parmi vous il n'y a pas de traîtres, de gens qui veulent emmerder le monde ? Regarde ta copine, par exemple, attention, elle ne quitte pas l'ordinateur des yeux.

NADIA : À ce que je vois, on est un peu plus sains que vous. Pour moi, tout le monde est innocent tant qu'on n'a pas démontré le contraire.

ALINA : Quel mauvais esprit ! Tu es toujours aussi aigri.

ADRIANA : Écoute, Paolo, ici, personne ne va te présenter la facture que tu mérites. Alors assieds-toi et mange les *tamales*[1] dans la cassolette.

NADIA : On dirait que vous ne vous êtes jamais mis d'accord. Je pensais que, à votre âge, vous auriez trouvé un terrain d'entente.

MAMI : Là-bas sur l'île, il n'y a pas de terrain d'entente ; juste des guerres. Lujo, notre mari, où est-il allé ? Où est-il ? est-il parti se faire éditer ?

(Silence pendant quelques minutes.)

ADRIANA : Ma petite, après ce que tu as vécu, être encore aussi naïve... Regarde ta mère : folle, d'accord, mais plus lucide que toi, reviens sur terre. Dans ce film, il reste trois assassinats, un bombardement et une fin heureuse avec étreinte et sourire pour la photo.

ALINA : Une fin heureuse ? Toi, tu es vraiment optimiste.

PAOLO B. : Même mort, je ne baisse pas la tête, je suis venu te voir. Je veux que vous sachiez que...

(Je me lève de table pour ne pas écouter. Lujo me fait rasseoir en me tirant par le bras. Je me lève à nouveau.)

---

1. Papillotes de maïs.

NADIA : Je n'aime pas les feuilletons télévisés. Je vais à la cuisine. Ma vie ne se discute pas autour d'une table ronde.

LUJO : Nadia, viens, il va sûrement raconter qu'il est venu rendre tous les tableaux qu'il a volés pour payer son billet.

(Rires collectifs.)

Ils parlent de ma mère en sa présence comme si elle était morte. Je ne supporte pas cette sensation. Je demande à Dania de me laisser l'ordinateur pour pouvoir noter un peu de ce qui se dit ici. Je n'en peux plus de ce bataillon de dilettantes.

Même si personne ne peut les suivre, Dania note l'essentiel. Tout ça, c'est comme être enterré vivant.

Au sujet des notes de Dania

Alina dit que Lujo n'avait pas besoin de donner l'autre maison au gouvernement, mais Lujo sait qu'ici on ne peut pas posséder deux propriétés. Il a préféré l'héritage de sa mère, au bord de la mer, à cet appartement plein de rancœurs.

Adriana parle de la présence de Catulle dans l'*Epithalamium lascium*, du poète hollandais Jean Second, et de certaines découvertes d'elle et de ma mère pendant ces heures de sublime lecture sur l'herbe, à l'École d'art, quelques jours avant leur double renvoi. Chacune à cause de l'autre. À cause de l'amitié intolérable, immorale. Des accusations de bisexualité. Des histoires qui commençaient et s'achevaient avec Catulle.

Alina demande, non en son nom, mais de la part de Maricela et Aleida qui lui écrivent de Miami, si on va enterrer ma mère dans le fabuleux panthéon familial de papa.

(Têtes de circonstance devant le commentaire inattendu.) Alina prend son sac et sort fumer. (Lujo est devenu américain et ne permet pas qu'on fume à la maison.)

Paolo B. profite de son effet en affirmant soudain être le père de Nadia. José Ramón établit un corrélat entre cette nouvelle et l'art du roman cubain du XIXe, et, comme par un accord tacite, tous optent pour le silence dans l'attente d'un autre sujet élevé. C'est le moment où Alina décide de raconter qu'elle part maintenant pour Miami, à soixante ans, pour recommencer. Elle ne veut plus être présentatrice de radio ni de télévision, maintenant elle souhaite être « une personne ». Alina raconte qu'elle passe des heures à regarder la cuisinière comme on observe un tableau abstrait, sans rien préparer. Sa vie est un calque de celle qui a eu raison des nerfs de sa mère. Une fin semblable, inexorable, foutue, la terrifie. Un vaste monde intérieur, oui, pour porter des sous-vêtements reprisés, pour économiser la lessive, pour marcher des heures à la recherche d'un moyen de transport. Tant de vœux non exaucés à soixante ans. « Je m'en vais parce que je veux être une parmi d'autres à marcher dans le monde. »

Un exil de plus, un ami de moins, dit Lujo, et il avoue pourquoi il est de retour, tout le monde le comprend, son voyage sera désormais intérieur. Les uns s'en vont, les autres reviennent.

Ils parlent de l'endroit où on peut trouver des crevettes, du prix officiel de la viande (de porc), du maïs, du vin chilien, de la peur de voir arriver les cyclones et que la nourriture pourrisse au réfrigérateur.

D'après les notes de Dania, ma mère est intervenue avec plus de lucidité que les autres. Elle a prononcé les phrases suivantes :

1. Le sens commun est le moins commun des sens.
2. Avec des amis comme eux, je n'ai pas besoin d'ennemis.
3. La langue est l'ennemi du corps.
4. Je me sens coupable même quand je ne le suis pas.
5. Nadia est née en 70 et le Che est mort en 67.

Je fais un effort. Je recouvre la table ronde d'une nappe en lin dessinée par Lujo trente ans auparavant. Les *tamales* sont délicieux, c'est un plat que j'ai appris de mon père, lui qui ne l'est plus (mais le restera). Comme ma maison, qui n'est plus ma maison ; le pays qui n'est pas mon pays (mais le restera). Ou comme ma mère, qui s'est échappée et n'a pas pu être ma mère.

Dania et moi nous asseyons au bar qui donne sur la baie vitrée rouillée. Sur les banquettes hautes des années cinquante, nous avons l'illusion que nous sommes, sinon plus grandes, au moins plus hautes que les invités. D'ici, je les observe comme à vol d'oiseau ; on dirait des chevaux qui vont à l'abreuvoir, ils ont soif et sont fatigués d'avoir fait le chemin.

Je n'ai plus faim. Le plat est servi, intact. Nous ne sommes pas meilleures, nous ne nourrissons aucun espoir de quelque sorte que ce soit non plus. Entrer et sortir, c'est juste changer le fond. Cienfuegos, Paris, La Havane. Même le déplacement ne nous fait pas plaisir. Changer de lieu est une autre illusion.

Ils ont organisé nos vies afin de nous alimenter avec l'illusion du bonheur. Elle fut si réelle que, même si elle n'a jamais existé, elle nous manque encore. Ont-ils été libres, ont-ils été heureux ? Auraient-ils dû rester comme mon père ? Partir comme ma mère ?

Les amis partent les uns après les autres. Paolo B. m'embrasse sur le front. Je me sens bouleversée et lessivée.

Dania et moi nous couchons dans le lit avec ma mère en chantant « La kleptomane ». D'après Lujo et mon père, une de ses chansons favorites. Pendant que nous chantons, elle s'endort. Nous envisageons de l'enregistrer en trio pour mon émission, mais elle n'arrive pas à suivre les paroles. Nous la bordons et restons à la regarder respirer, recroquevillées sous les draps.

LA KLEPTOMANE

C'était une kleptomane de jolies babioles,
emportée par la jouissance d'une émotion esthétique.
Jolie, fascinante, dont les méfaits
ne furent jamais connus du sévère juge d'instruction.
Je la connus un après-midi dans une boutique ancienne
dissimulant un beau flacon en cristal

qui contenait des essences rares, et dans son regard
[ambigu
brilla un reflet d'idéal secret.
Elle devint ma camarade pour des choses secrètes,
des choses que seules connaissent les femmes et les
[poètes.
Mais son penchant indompté arriva à un tel point
qu'il perturba le calme de mes jours sereins.
C'était une kleptomane de jolies babioles
et pourtant, elle voulut dérober mon cœur.

— Si dans les années soixante on nous avait vues au lit comme ça, que nous serait-il arrivé ? demanda Dania en bâillant.

— Je n'aurais pas supporté tout ça, ma mère est une martyre.

— Tu l'aimes ?

— On refait tout juste connaissance.

Dania s'est endormie. Je regarde les notes qu'elle a prises sur du papier Canson. Paolo B. a raison, mon amie est entraînée à taper des rapports. Elle est rapide, efficace et elle dénonce.

Je n'arrive pas à dormir. Le téléphone sonne, un téléphone qui sonne tôt le matin, le pire bruit du monde. C'est José Ramón, il n'a pas fermé l'œil lui non plus. Je l'invite à venir prendre le petit déjeuner demain. Il veut me parler du livre de ma mère. Il est la personne indiquée pour m'aider, dit-il. Quel héritage insolite d'amis ! Dans chacun d'eux, je découvre ce que j'ai perdu.

Petit déjeuner. L'aquarium et la mort de ma mère

La mer ressemble à une assiette de soupe chaude.

Ce matin-là, je dresse la table sur la terrasse qui donne sur le Malecón ; la nappe en lin blanc fait de jolies ondulations qui contrastent avec la ligne bleue de la mer. Les gens passent et regardent, c'est ce que je n'aime pas quand on mange ici, les regards ; mais, entre la mer et les témoins, je préfère la mer. Je n'ai pas voulu nous priver du petit déjeuner dehors.

Café au lait avec du pain et du beurre. Confiture de goyaves et jus de mangue. José Ramón arrive pendant que j'installe *Mami*.

En quinze minutes, le petit déjeuner est déjà fini. *Mami* se remet au lit, comme d'habitude, après le bain matinal.

NOTES SUR MA CONVERSATION AVEC JOSÉ RAMÓN

— Je t'ai parlé du livre de ta mère parce que je me suis toujours senti coupable de tout ce qui lui est arrivé. Le seul parmi nous qui pouvait faire quelque chose, c'était moi. J'étais, disons, le plus fiable. Si j'avais conservé l'original, comme elle me l'avait demandé, ce livre serait édité aujourd'hui. Les choses ont beaucoup changé, la pyramide s'est inversée. Mes deux fils sont en Espagne et c'est maintenant devant eux que je dois m'expliquer, me justifier de continuer à militer au Parti. Tu imagines cette folie ? Mes enfants ne comprennent pas ma position. Mais dans ces conditions, je vais mourir, Nadia.

« Lujo m'a dit que tu comptais refaire le livre. Je veux t'aider. Vous avez eu une autre vie. Nous, on n'a même pas attaqué la caserne de Moncada, ni profité de ces souffles de liberté. Le sort a voulu qu'on nage entre deux courants. Mais si cela a servi à quelque chose, pourquoi pas.

« Tu te souviens de Pucha ? Enfin, Ana Irma. (Ta mère changeait toujours les prénoms.) On est voisins, on monte la garde ensemble dans le quartier ; on est amis depuis plus de vingt ans. Je t'ai apporté l'interview que j'ai faite d'elle il y a quelques mois, quand j'ai appris par Lujo que ta maman allait venir. Je t'ai demandé si elle avait enfin publié son roman sur Celia, même si je voulais parler d'une autre version, car l'original n'a jamais quitté Cuba.

« Je te laisse mes notes sur la conversation que j'ai eue avec la personne la plus proche de Celia lors de ses dernières années. Utilise-les pour ce livre, je te les offre.

« Réécris-le selon ton point de vue. Ne le laisse pas se perdre. Cherche.

— Ce que ma mère a apporté, ce sont des morceaux, des délires, des fragments de ce qui aurait pu être et n'a pas été. Je devrais faire tant de recherches, j'ignore si on me permettrait de publier ça ici, on me demanderait peut-être pourquoi j'interviewe des gens, et l'histoire se répéterait.

— Ce n'est pas la même époque, Nadia. Tout change. C'est pour cela que je crois en ce pays. Tu crois que s'il pouvait t'arriver quelque chose je te pousserais à écrire sur Celia ?

— Je te remercie, José Ramón, mais maintenant toute la peur qu'éprouvait ma mère m'est passée dans le sang.

— Eh bien non, ce n'est pas la seule chose d'elle que tu dois repousser. Je te le demande comme si tu étais ma fille.

— Et pourquoi êtes-vous arrivés si tard ?

— Les uns par peur, et d'autres à cause de ton père qui secouait les puces à ceux qui mettaient le nom de ta mère sur le tapis. J'écoutais tes émissions, je te suivais chaque soir à la radio et je te prévenais quand tu disais des folies, j'étais l'auditeur qui t'envoyait des lettres : Eduardo et sa famille, tu te souviens ?...

Sur le Malecón, un groupe de personnes vocifère, nous essayons de poursuivre la conversation mais les pompiers arrivent. Lujo s'assoit pour prendre le petit déjeuner avec nous. Le tumulte est étrange. Nous essayons de continuer à parler de l'interview de Pucha, mais les cris sont de plus en plus forts.

Lujo dit que ma mère voulait m'appeler Celia, mais que cela n'allait pas du tout avec le nom guerrier de mon père. Je suis surprise. Nous faisons la sourde oreille pour ne pas nous occuper de ce qui arrive en face, ne pas chercher, continuer à vaquer à nos occupations… mais c'est déjà trop. Je me lève et en m'approchant de l'entrée, je me penche pour regarder à travers la grille. On ne voit rien de spécial, juste que la foule s'amasse. Nous ne voulons pas traverser la rue même si tout annonce la tragédie. Nous nous taisons, en regardant ce spectacle du premier balcon de notre maison, ce drame cubain s'intensifie avec l'arrivée des badauds. Les pompiers semblent ne rien pouvoir faire. Nous entendons juste : « Un noyé, un noyé ». Il y a toujours un noyé sur le Malecón. Lujo veut traverser et nous lui conseillons de prendre le petit déjeuner tranquillement. Soudain, une voisine arrive en courant vers nous, ouvre la grille d'un coup et crie.

— C'est elle, Lujo, cours.

Je le savais. Je le savais. C'est ma mère. Elle s'est jetée à la mer. Comme un poisson brassé entre les rochers, comme un *balsero*[1] épuisé, comme un des nombreux poètes suicidaires, guidée par la boussole brisée de sa démence. Tout cela concerne ma

1. Personne qui fuit Cuba sur un bateau de fortune.

mère. Lujo crie comme une femme en salle de travail, José Ramón part en courant sur le trottoir en sens contraire, il s'échappe sans un regard en arrière. Je m'approche pour la toucher.

Elle est allée nager parce que la mer est une assiette de soupe chaude. Ou venue pour mourir, elle a, dans une crise de lucidité, retrouvé son amour-propre, et s'est lancée pour achever sa tragédie en beauté. Elle meurt comme les vieilles femmes esquimaudes, elle a préféré ne pas revenir en marchant sur l'eau, sans un regard en arrière.

Je reconnais son beau corps noyé, défait, mais c'est le sien. Cela ne fait pas de doute. C'est ma mère.

Tout s'est déroulé pendant que nous prenions le petit déjeuner. Pendant que la vie s'écoulait tranquillement. C'est l'aquarium de la mort, je l'avais devant moi, j'aurais pu l'éviter et, pourtant, j'ai considéré que c'était un spectacle pour les intrus. Cette fois, le noyé m'appartient, j'aurais dû m'impliquer depuis le début.

Comme les choses les plus simples du monde. La vie de ma mère fut aussi aliénée que ça, toujours soumise à des tiers, jusqu'à sa mort. Pourquoi devrais-je attendre une autre fin ? Un film qui défile devant moi – qui m'implique – sans que j'aie le droit d'en modifier la dramaturgie. Mon Dieu, donne-moi un meilleur rôle si Tu le peux ; laisse-moi prendre une décision, aussi minime soit-elle, je veux agir par moi-même, une fois.

L'adieu à ma mère

Les amis de ma mère arrivent au parc Lénine. L'œuvre de Celia. Ma mère m'y a amenée à plusieurs reprises pendant sa construction. Elle s'allongeait sur l'herbe et laissait passer les heures en fumant. Je gambadais et me cachais entre les arbres. C'est là que j'ai décidé d'apporter ses cendres, de les disperser sur l'herbe.

Où étions-nous au moment où elle a oublié le premier mot ? Et où était la personne qui aurait pu me donner de ses nouvelles ? Qui a dit que s'échapper lui ôterait sa peur ? Qui a dit qu'ils étaient complices de cette peur ? Quand cessa-t-elle de me reconnaître pour la première fois ?

Même ici, Cuba reste une rive perdue, impossible à atteindre.

Elle fut protestante et marxiste, cubaine et américaine, alphabétisatrice et peintre, fan de Led Zeppelin et de Los Compadres. Elle a été la muse de certaines chansons des années soixante-dix. On la voit immortalisée dans des tableaux et des photos.

Ses poèmes, lettres et notes parlent d'un talent dispersé dans l'anonymat.

Qui peut dire au revoir officiellement à une hippie comme elle, une inconnue pour moi, une vieille amie pour vous ? Je n'ai pas eu le temps de la connaître comme je l'aurais voulu.

Nous n'avons pas pu la remercier ou nous excuser. Citons une amie : « Silence, un oiseau est mort. »

Je vais vous lire ce poème de ma mère, celui qui lui ressemble le plus. C'est comme ça que je veux me souvenir d'elle.

SCIENCE-FICTION

Et si un homme vert arrivait
et si un homme vert ou bleu
arrivait dans un vaisseau.
Et s'il arrivait.
Que dirait-il de moi, si décoiffée,
sans parures ni grâce ?
Que dirait-il de tous à cause de moi ?

Nous avons grandi

Lettre de Diego dans mon journal rouge.

Ma petite,

Ta lettre m'a paralysé. Tout ce que je pourrais écrire ne te consolera pas. Je n'ai pas voulu pleurer cette mort ; pleurer m'aurait laissé sans forces pour arriver jusqu'à toi. Je suis loin comme je ne voudrais pas l'être, mais je vais tout laisser pour venir te chercher ; tu ne peux pas rester enfermée comme ta mère, tu vas devenir folle. Allez, sors, va à la plage. Fais-toi bronzer et laisse allongé ce corps salé jusqu'à ce que j'arrive pour t'aimer un peu.

Je veux t'appeler, mais je sais que tu n'aimes pas m'entendre de loin. Il est très tôt, tu dois dormir. Je suis en Europe, j'ai travaillé et essayé d'avancer. Je veux te rejoindre. Tout arrêter et t'enlever.

Pour l'instant : je t'apporte au lit un thé à la menthe avec de la fleur d'oranger, je caresse tes pieds nus, il y a aussi du pain frais, tu te redresses un peu, ton cou resplendit, du beurre, de la confiture de mûres, un baiser sur ton nombril ; prête à commencer la journée, tu te lèves, la lumière arrive... Va au bord de la mer et attends-moi là-bas.

Ton Diego

Cher Diego,

Je n'ouvre le mail que pour t'écrire. La seule chose qui me reste est de te parler. Je ne sais pas si je peux encore flotter, il est dangereux de s'approcher de l'eau, je voudrais parfois m'enfoncer, poids trop lourd pour rester en haut, je veux m'ancrer, je n'en peux plus. Toutes ces morts m'affaiblissent.

Je ne suis pas un personnage de fiction.

J'ai besoin de toi. Viens,

Nadia

P.-S. : Je suis tes conseils. Dorénavant, j'irai sur la petite plage près d'ici, juste parce que je t'attends.

Nadia,

Hier, j'ai téléphoné chez toi et Lujo m'a dit que tu ne voulais rien manger. Je suis au Mexique, je viendrai à La Havane au moment où tu t'y attendras le moins. Je ne veux pas d'une femme ravagée par les larmes ; à mon arrivée, je veux que tu sois belle.

Écoute-moi, je t'en prie. Respire profondément, mâche, avale, dors, nage, vis. Lis attentivement tout ce que je suis prêt à faire pour que tu dînes, au moins ce soir. En entrée, soupe de tortilla avec de l'avocat, des piments, des grattons, de la crème et du fromage frais ; puis *mole*[1] (peut-être le traditionnel *mole poblano*[2] ou un à la pastèque, très bon), et on finit par des

1. Poulet cuit dans une sauce au chocolat relevée d'une vingtaine d'épices.

2. De la région de Puebla.

champignons de Zamora tout en trinquant avec un vin mexicain, excellent, et je mords une de tes épaules nue (parce que tu dois avoir une épaule nue).

Même si, à bien y réfléchir, je veux goûter toutes tes spécialités. Lujo m'a dit que tu cuisinais très bien. Je me débarrasse de tout pour te trouver à Cuba, toi, juste toi, juste à cause de toi…

Bien à toi,

Diego

28 juillet

Je vais à La Concha, un club sportif sur la côte, très délabré, coquille vide de ce qu'il fut de son vivant : notre bonheur il y a dix étés.

Le vieux ponton qui avait été peint en un bleu acrylique par les maîtres nageurs tient toujours debout. La vieille civière où je m'allongeais au soleil devant les autres adolescents brûlant de désir pour moi. La digue où mon corps s'ouvrait pour laisser passer le sperme chaud, les poissons batailleurs au corps de sabre : « Masques dorés [...]. »

Tout cela est fini, j'ignore où sont passés ces figurants de mon film des années quatre-vingt-dix. Ceux qui mouraient d'envie de me voir en compétition avec le maître nageur dans de triples sauts périlleux jusqu'à tomber en frôlant les angles de pierre des brise-vagues, dans le délire de vaincre le plus barbare.

Tout cela est révolu, Nadia. Nous allons maintenant nous vider l'esprit et transiter par les routes qui passent entre les jambes. Courants froids, glacés, tièdes, chauds, mais jamais le passé ne voyage dans ces canaux qui t'entraînent.

« Arrête, Nadia ; arrête, s'il te plaît. » Tu te le répètes sans fin : « Arrête, ou tu vas mourir. Tu *meconnais déjà – je meconnais-tuteconnais*, moi-même, je suis une machine à idées, Nadia. Ainsi, je suis (nous sommes) en train de nous tuer. »

Mon cou-de-pied droit enfonce avec élan le tendeur presque mort du balancier. Ma tête devine un bateau qui dit : Méditerranée. Je relève le menton jusqu'à ne plus rien lire. Droite, je sens grincer le quai en bois flexible et rouillé. Je suis en l'air, je plane sur le miroir de sel. Je mesure les algues baveuses du fond et je respire, j'évalue en secondes la distance qui me sépare de quelques poissons jaunes et dans un élan de clarté je prends ma respiration, soupire et m'élève comme seul devait s'élever l'esprit fou de ma mère…

Je souris quand j'essaie de tracer une flèche parfaite avec ma colonne, je n'arrête pas de penser, toujours à réfléchir, mais quand je suis déjà bien arquée en montant haut, bien haut, serrant mes genoux avec précision, juste au ciel, je vois Diego en costume-cravate face à moi. Je tombe à l'eau en sachant que ce n'est pas une vision. Triple saut périlleux de dos et Diego sous la mer. Diego entre les oursins et la rouille. Diego m'évite de rester plantée. Diego s'est jeté à l'eau avec moi.

C'est mon homme. Je veux vivre ici avec lui, sous la mer.

Le meilleur de l'été, c'est de sentir cet homme habillé et mouillé entre mes bras. Affolé et ardent en col-cravate, flottant ivre avec moi. Le meilleur des tropiques, c'est de sentir les bateaux transiter au-dessus de nos têtes.

Nous respirons en même temps, rejetant l'eau qui entre et sort de nos bouches, pendant que nous nous embrassons en avalant le bleu qui nous a éloignés auparavant.

— Bienvenue dans la patrie socialiste, Diego.

— Nous rions en nageant vers le tremplin oxydé. Nous nous embrassons mille fois avant de monter.

Nous sommes en équilibre sur la pointe aiguisée de l'appareil vert, Diego me demande de mettre la main dans son pantalon. Je ris en pensant à son sexe brûlant, mais il s'agit d'un jeu sérieux. Va, cherche. Je touche son sexe, j'essaie d'ouvrir sa braguette.

— Non, Nadia, allons-y doucement. Dans mes poches, il y a quelque chose pour toi, dit-il en suffoquant.

Nous flottons pendant que je tâte la poche droite. Je plonge jusqu'à ses jambes longues, belles, je vois qu'il a perdu ses chaussures ; immergée, je cherche dans l'autre poche, trouve une petite boîte mauve. Je ne peux pas résister à la tentation, et avant de remonter je lui mords le sexe.

Nous nous embrassons… J'ouvre la petite boîte en velours tout en piétinant frénétiquement. À l'intérieur brille pour moi un anneau à sept diamants.

À un autre moment, j'aurais jeté à la mer la boîte et les diamants. Un mois plus tôt, cela m'aurait semblé ridicule. Aujourd'hui, j'ai besoin d'une chose forte pour ne pas rester au fond. Une gorgée de diamants à cette heure de l'après-midi. Je suis paralysée, je sens que mes jambes ne peuvent continuer à pédaler. Diego s'en rend compte et me porte.

— Hop là ! On est remontés. Maintenant, que va-t-il nous arriver ? Tu n'as pas le choix. Tu m'appartiens par droit de conquête. Je t'ai trouvée dans la mer. Tu es mon butin. Oui ou non ?

— Idiot ! dis-je en passant la bague à mon doigt et en ôtant mes vêtements.

Je suis jolie, nue et avec des diamants, je continue à le déshabiller, je le lance à la mer, à nouveau avec moi.

En bas, au sud de tout, je lui fais l'amour comme une nageuse silencieuse. Au fond, j'expire, m'arrête un siècle ou vingt secondes. Je sais que Diego n'a jamais fait l'amour sous l'eau.

Quand je fais l'amour dans l'eau, l'océan pénètre mon ventre. La force du courant entraîne mon désir. L'infini se tonifie de bénédictions. La soif s'achève, le combat commence.

Il me dépouille de la peur de la vie, ses gestes me signent, sa sensualité fait sortir la mort de moi, la fertilité de Diego entre dans le ventre de cette enfant triste. Dans l'eau nous sommes tous pareils, un animal dégoulinant d'envies. Nous sommes mes hanches et ses cuisses, mon cou et sa morsure. L'ancre de son sexe en érection est mon appât. Je le mords et avale ses douces agapes mêlées au sel de ces Caraïbes sens dessus dessous.

Diego me projette contre le mur, ses solides genoux me soutiennent devant le tremplin démonté, il me pénètre dans des contractions d'eau et de lumière. Je ne souffre que jusqu'au rire ; il fait sortir de moi la douleur violemment contre le mur. La surface n'existe pas, seul son sexe et le mien faisant des bulles entre le fond et la lumière, entre la limite blanche et le puissant bleu turquoise. Entrent des mollusques, des poissons, des créatures que Diego place avec fureur sur ce corps glissant attaché avec des diamants et de la luxure.

Diego pleure tandis que la caravane de notre enfance passe avec fureur. Diego m'enfonce pendant que je finis de sauter du tremplin vers mon extase, je m'attise, me dilate, me glisse entre les eaux comme quelqu'un qui peut finir de remplir la mer de ses fluides. Sous la mer se trouve l'été de ma vie. Que les bateaux décapitent les vagues : voici le désir qui me remplit. C'est mon homme et dans son corps se trouve mon foyer, même si je m'enfonce.

Ses larmes et mon doigt brillent au soleil. Mes épaules saignent mais, pour la première fois, pas une goutte rouge ne coule de mon sexe.

J'ai grandi, cela ne fait pas de doute. Adieu aux poissons, adieu au passé. Je suis une femme étendue au soleil, étendue devant son homme, délirant, la nageuse a gagné les jeux Olympiques de sa vie. Elle part heureuse, elle s'est consacrée. Applaudissements.

Nous rentrons mouillés à la maison ; je porte la chemise blanche de Diego, il porte un slip et le haut de son costume. Pieds nus et la cravate à la main, nous nous perdons sur la muraille chinoise du Malecón.

— La vie est courte, la vie est belle, ma petite, et elle vaut la peine de revenir.

J'aime cet homme.

Comment nous avons accueilli la nouvelle (II)

31 JUILLET

Tout était déjà mort.

Je ne souhaitais rien garder pour l'avenir, mon idéal d'avenir était sur des charbons ardents. Le syndrome de Scarlett O'Hara restait intact, mais toute cette peur de la pauvreté, tant de morts à mes yeux. Un papillon-deuil, noir, s'étalait sur les cernes de mon visage. C'était moi aussi, un peu morte.

L'annonce qu'une chose proche meurt ou va mourir vous éloigne de l'ambition, de l'égoïsme, de l'angoisse du lendemain. On vit ici et maintenant, on se tient tranquille, comme quelqu'un qui attend d'entendre le tir du chasseur avant le saut du prochain lièvre.

En venant vers la maison le jour de la plage, Diego m'avait dit que les personnes qui le saluaient dans les rues de La Havane lui semblaient être des fantômes du passé. Que chaque voyage à Cuba était comme se retrouver dans un film en noir et blanc. Je veux vivre avec Diego, mais, sur cet axe Cuba-

México, pouvons-nous conserver notre désir ? Quelqu'un a-t-il vécu entre deux pays sans perdre le fil de la passion, au cours de ces cinquante dernières années ? Je ne sais pas si c'est possible. De nombreuses familles se perdent en essayant. Je ne peux pas abandonner Diego. Et je ne sais pas vivre sans Cuba.

Tout est désormais mort pour moi et ce matin, pendant que Lujo continue à faire l'inventaire des tableaux et des objets de valeur que je conserverai à l'avenir, je me sens étrangère et troublée. C'est que, en réalité, tous ces objets ne m'appartiennent pas. Ils ne font pas partie de mon enfance, ni de ma famille. Je suis découragée, affadie. Mon âme et mon corps marchent avec une certaine indépendance. Diego est également anéanti par ces morts. Il me le dit en partant. Il ne reste plus que nous, la maison et le téléphone.

Mon ami Fabián, l'un des collègues qui attendent leurs visas pour la bourse Guggenheim, téléphone.

— La bonne nouvelle, c'est qu'on vient de nous accorder le visa avec plusieurs possibilités d'entrée et de sortie, et qu'on peut aller aux États-Unis le moment souhaité.

Je ne m'en réjouis pas, je ne sais pas non plus si je veux poursuivre le projet que j'ai préparé pour la bourse. Je le dis à Lujo.

Pour lui, c'est une triste nouvelle, passer des mois sans moi serait un cauchemar. Nous sommes seuls, et cette fois dans une épaisse solitude, car nous n'attendons plus personne qui pourrait nous sauver de l'isolement. Ceux qui devraient être là nous ont abandonnés trop tôt.

— Pourquoi ne sommes-nous pas contents ? N'importe quel Cubain bondirait de joie et trinquerait à cette nouvelle. En fait, je ne ressens rien. Ni bonheur, ni tristesse, dis-je.

Lujo prend des notes dans un cahier. Il se met le crayon sur l'oreille et me regarde par-dessus ses lunettes.

— Je te réponds comme ferait ta mère en citant Darío, le fataliste : « Heureux l'arbre qui est à peine sensible / et plus encore la pierre dure car elle ne sent plus… »

Vers dix-sept heures, alors que j'arrose mes plantes et songe à préparer un repas léger, arrivent à la maison trois vieilles voitures américaines. Ce sont d'anciens camarades de l'École. Ils me demandent de les accompagner à Cojímar. Ils fêtent leur prochain voyage à New York. Lujo m'incite à sortir de la maison. C'est nous, à nouveau : le temps nous a dispersés à la sortie de l'école et nous réunit maintenant après la mort de ma mère.

Je suis avec Fabián dans une Chevrolet de 1957 restaurée par son grand-père ; dans un autre véhicule, couleur flamant rose, se trouvent Ana et Alejandro. Au bout de la file, Julio est seul au volant, les haut-parleurs placés sur le tableau de bord d'une vieille Buick de 1958.

Chaque fois que je suis avec Julio, je dois étouffer

mes palpitations. C'est le type le plus sensuel et tourmenté que je connaisse, mais « ne retourne pas là où tu as été heureux un jour ». Nous avons eu une histoire à l'école, qu'il feint d'avoir oubliée, que je n'oublie pas en donnant le change avec talent. Je tue mes palpitations, les assassine pour devenir une femme du monde, pendant qu'il ignore tout ce qui n'est pas écouter de la musique, conduire et construire son œuvre.

Nous entrons dans le tunnel de la baie, qui a un air années cinquante, avec ces dalles vert d'eau, l'odeur de coquillages et de baie fermentée. Nous arrivons enfin sur la terrasse de Cojímar, où Hemingway finissait toujours par boire un verre avec les pêcheurs après avoir chassé ses animaux de mer. Je dis que cela ressemblait à un voyage dans le passé ; je fais en sorte qu'ils posent le regard sur ma jupe années cinquante, et sur les chaussures de Fabián, aussi rétro que son automobile recyclée.

Ils ne me prêtent pas attention, ils discutent de bars à cocktails, citent des restaurants à New York, s'échangent les numéros de téléphone des galeries, commandent des boissons exotiques. Ils ne sont plus là, ils sont partis. Je ne suis plus fixée à terre. Je passe l'après-midi avec le même verre de vin rouge.

Je sors par la baie donnant sur la terrasse, descends le perron pour regarder la côte, le fond tapissé de rouille à mes pieds. Je ne peux pas vivre sans ces lieux. Je suis tout cela, cela me contient. Que puis-je dire à Diego ? Je ne veux pas partir pour toujours. Aucun de mes camarades n'essaie de m'encourager, trop occupés à être heureux. Je veux continuer mes adieux, rester dans le deuil jusqu'à épuisement.

Le soir tombant, les taches de sardines dessinent des disques argentés dans la mer. Il souffle un air humide qui me saisit. Je remonte au restaurant. Mes amis rient et dessinent des projets d'installations sur les serviettes. Des pêcheurs et des gens simples franchissent la porte, nous regardent délirer ; je me sens coupable, je suis très fragile.

Quelque chose change, pensé-je. Qu'est-ce que je fais ici, à l'intérieur ?

Le soir, nous prenons une soupe et du riz avec des fruits de mer. Julio me serre fort, il m'emmène près de la baie vitrée, penchant dangereusement nos corps au-dessus du précipice qui donne sur la mer. Presque dans l'eau, soutenus par la fenêtre en verre, il me dit :

— Je ne t'ai pas oubliée, tu sais ? Je ne sais pas pourquoi, mais je n'y suis pas arrivé, si je te vois je me perds, et toi ?

— J'essaie, on ne peut pas vivre dans un cimetière de passions.

Nous avons ri, enlacés. Nous nous sommes embrassés, un baiser tendre et inoffensif.

Nous regagnons la table. Ils sont presque tous ivres, moi, je n'ai bu que ce premier verre de vin. Je presse le citron et au moment où je vais goûter ma soupe, le serveur qui s'occupe de nous vient nous dire gentiment de partir tout de suite, de ne pas payer l'entrée, juste les boissons. Nous sommes stupéfaits.

— Qu'est-ce qu'il y a ? Qu'est-ce qu'on a fait ? On pensait à un jeu.

— Je ne sais pas comment vous le dire, allez au bar et regardez la télévision, répond le serveur tout en ramassant les assiettes pleines de soupe.

Le chemin jusqu'au bar n'en finit plus.

— Attendez le prochain bulletin, dit le barman. Fidel a démissionné. Il est malade.

Je vois des yeux rouges, des sourires ironiques, de la surprise, un choc. Je ne me vois pas au milieu de cette confusion. Nous payons dans un profond silence. Personne n'ose émettre un avis. Nous sommes un groupe de jeunes gens nés et élevés au son des discours du même Président. Depuis que nous avons l'âge de raison, nous n'avons vu personne d'autre gouverner le pays. Cette minute semblait ne jamais devoir arriver. Nous nous embrassons et nous quittons sans mot dire. Quand nous sortons, le restaurant est presque fermé, les portes arrière et les fenêtres renforcées.

Nous rentrons en caravane silencieuse par le même chemin des années cinquante, mais à l'envers. Nous longeons le littoral froid et éteint. Sur le Malecón, les gens ne regardent pas l'eau, ils continuent à regarder la ville déserte.

En arrivant chez moi, Fabián me serre la main pour me demander :

— Et ici, qu'est-ce qu'il va se passer ?

— Pour l'instant, rien. Prends soin de toi, lui dis-je avec tendresse, et nous nous étreignons. Je ne sais pas jusqu'à quand.

En entrant dans la maison, Lujo est une boule de nerfs. La scène se répète, et comme si l'oracle parlait, je dis à nouveau à haute voix :

— Il ne va rien se passer ici pour le moment alors tu peux commencer par te calmer. Tu veux un café au lait ? Je n'ai rien mangé.

Nous bûvons le café au lait en silence. En face, la même mer. Les gens rentrent en se taisant et cette nuit, Nadia, dans son rôle d'oracle, ne peut fermer l'œil. Le téléphone n'arrête pas de sonner ; on appelle Diego, les amis de Lujo et de mon père ; ils veulent savoir si nous sommes encore vivants.

Je me réveille à l'aube à plusieurs reprises et ne tente pas de dormir davantage, je décide de m'occuper du cahier de notes. Pendant que le jour se lève, j'écris :

> Dans mon pays, tous les chemins mènent à Fidel : ce qu'on mange, ce qu'on porte, les coupures d'électricité, les loyers, les écoles, les voyages, les ascensions, les chutes, les cyclones, les épidémies, les carnavals, les congrès, les routes. Très peu de choses importantes ont eu lieu sans lui. Aujourd'hui, assise devant le téléviseur à écouter ce bulletin, je me dis avec un peu plus de lucidité que Lujo : « Ici il n'arrive rien d'autre que la vie. » Les rues sont calmes, les gens assis sur le Malecón observent la ville où rien ne

semble avoir changé. Quelque chose s'achève, mais je ne parviens pas à déchiffrer quoi.

Mes amis vont bientôt arriver à New York. Ma tête vole dans une autre direction. J'ai une autre affaire en cours. Il n'y a pas de temps à perdre. La mort voyage à côté.

NOTE

Lujo me met en contact avec Lourdes Argibay, nièce de Celia et amie de toujours. Elle accepte de nous donner son témoignage. La discussion se déroule, pleine d'émotion et tranquille. D'après Lujo, Lourdes est celle qui lui rappelle le plus Celia physiquement. Pour le livre, c'est sérieux, mais trouver la véritable Celia est compliqué, elle n'a pas voulu laisser de traces, elle s'est effacée, elle se volatilise pendant que nous la cherchons.

Lettres. Lettres. Lettres

Mon cher Diego,

Je viens de trouver dans un livre récent la transcription de cette carte postale que le Che envoie à sa femme, Aleida March, du musée du Louvre. J'ai pensé t'envoyer mes notes en la lisant. Je pense au héros distant et froid ; pas à l'époux de cette femme qui attend éternellement, encore aujourd'hui. Je ne sais pas si cela pourra être supplanté un jour. Maintenant, tout semble plus simple : il ne s'agit que d'un homme qui achète une carte postale pour sa femme, qui remplit la carte dans un recoin du musée, sous la lumière jaune, dessinant certaines lettres qui disent je t'aime, sans le dire. C'est une figure que je ne comprends pas, depuis l'enfance cette incompréhension du héros me poursuit, j'ai juré (nous avons juré) chaque matin d'être comme lui, maintenant je lis cette carte postale distante ou aimable de l'être humain, de l'amant, et je ne sais pas, je ne peux pas savoir qui il était en réalité, au-delà de sa stature de marbre. C'est la première fois que je suis confrontée à un document qui suscite en moi de nombreuses questions sur la vie de tous ces êtres inamovibles de notre enfance. Mon amour, lis attentivement. C'est écrit au dos d'une reproduction d'un tableau de Lucrezia Crivelli, peint par Léonard de Vinci.

Ma chérie,

En rêvant au Louvre, en te tenant par la main, je t'ai vue représentée ici, potelée, sérieuse, avec un sourire un peu triste (peut-être parce que personne ne t'aime) en attendant le lointain aimé (est-ce celui que je crois, ou un autre ?).

Et je t'ai lâché la main pour mieux te voir et deviner ce qui se cache dans le sein prodigue. Un garçon, n'est-ce pas ?

J'embrasse et serre tout le monde dans mes bras, toi en particulier,

Mariscal Thu Che

La troisième fille d'Aleida et Ernesto s'appelle Celia. Ma mère pensait me donner ce prénom, mais mon patronyme ne correspondait pas à l'idéal qu'il lui inspirait. L'inquiétude pour elle, le roman volé, tout cela m'entoure et renforce une idée : je pars à Miami, avec ma carte visa et l'argent de la bourse. J'y passerai une semaine pour parler avec les proches de Celia, je voudrais finir le livre de ma mère. Je ne veux pas rester les bras croisés. Le voyage a commencé et c'est mieux comme ça. Lujo va les appeler pour leur dire que j'arrive et ils me recevront. Ce sont des gens qui nous ont beaucoup aidés. Dis-moi quand tu viens pour qu'on s'organise et qu'on décide ce qu'on va faire de nos vies. Je t'adore, tu m'as donné tant de force.

Ta Nadia Guerra

Nadia,

Je t'appelle dans l'après-midi pour qu'on se mette d'accord sur les dates. Je ne peux pas t'accompagner à Miami pour la raison habituelle, le travail. Quand tu arriveras à Cuba, je veux aller t'attendre à l'aéroport, qu'on parle calmement, et t'emmener avec moi pour écrire tranquillement « le livre de ta mère ». Ne débranche pas le téléphone, je t'appellerai tard, très tard, à la sortie de mon émission. Je t'embrasse partout.

Diego

Ce qu'est une Cubaine

Je fais ma valise, pas pour longtemps, je vois les vêtements que ma mère a portés. Je me demande ce qui nous compose, quelles sensations j'éprouve en étant ce que je suis, ce que nous aurons été à la toute fin. J'ouvre la valise en priant.

Maillots de bain étendus au soleil, larmes noires, réverbère, tongs d'une *conga*[1] triste, fards, bleu de méthylène, peignoirs, œufs frits, douleur et pardon, vêtements d'une amie, yeux maquillés en vitesse, vêtements passés sur le corps créole, lettres perdues, cheveux longs avec des rouleaux, eau de violette, peau de violette exposée au soleil, crème bronzante au beurre, rouge à lèvres sur les miroirs, sandales avec du sable, pot dans la salle de bains pour se laver, méfiance, machisme-léninisme, pleurs après l'orgasme, chatouilles avec du sexe – *Papi*, tu m'aimes ? intelligence étouffée, femmes pieds nus faisant la cuisine entre deux coupures d'électricité, jambes allongées sur le sol après avoir fait le ménage, mobilisées, convoquées, tête enve-

1. Danse cubaine.

loppée dans un foulard, elles marchent presque en dansant dans le peloton, travaillant avec la fille qui reste près d'elles. Radio Reloj donne des informations pendant qu'elle se maquille, éclat de rire triste, café au lait et pain beurré, bain de fleurs blanches et écorce de cascarille, inhalations à l'eucalyptus, riz aux haricots dans la cocotte-minute, sentir, dire, éclater, accoucher en groupe, sexe sur les couchettes, serviettes hygiéniques fabriquées à la maison, danseuses académiques folles, maîtresses de maison philosophes, Van Van[1], adieu sur le riz, Penélope's del Caribe, profondeur détendue, banane plantain, camping nudiste, la photo des quinze ans en noir et blanc, se marier au bout de trois jours, divorce à la cubaine, larmes souriantes, les fleurs d'Ochun, désir, désir, désirs à accomplir, bottes russes, minijupes guerrières, ardeur et sel, simples prières sous les draps des discours.

Dans la masse, nous sommes uniques, Premières dames confondues avec la foule.

1. Groupe de musique cubaine.

Voyage à Miami

L'ALLER

Je suis arrivée à l'aéroport avec quatre heures d'avance. Je savais que les formalités seraient longues.

La bureaucratie est plus compliquée que le vol. Si proche mais si loin. On a à peine le temps de prendre de la hauteur, on s'élève et on atterrit déjà, quarante minutes en l'air et nous sommes de l'autre côté.

Les personnes qui voyagent à la rencontre de leur passé ou de leur avenir sont silencieuses. Tendues, songeuses, yeux rouges et sourcils froncés. Laissent-elles quelqu'un ou quelque chose derrière eux ? On entend pleurer un enfant et, en arrivant, les personnes entassées près des hublots regardent en bas la mer de lucioles. La lumière.

Quand l'avion atterrit, ceux qui viennent pour faire du tourisme descendent les premiers. Les prisonniers politiques ou immigrants doivent attendre les officiels compétents dans l'avion. C'est invraisemblable, les formalités durent plus longtemps que le voyage.

À la sortie de l'aéroport, attendant avec impatience, Acacia court entre les vitres ; à côté d'elle, une jeune fille pâle que je ne connais pas.

Aca et moi avons cessé de nous voir quand elle est venue à Miami, où elle a épousé un grand ami de mon père, critique d'art. Un jour, nous avons déjeuné dans leur grande maison blanche ; nous l'ignorions, mais ils partaient. Elle m'a donné des manteaux, des lunettes, des chaussures et des vêtements qu'ils ne pouvaient logiquement pas emporter dans cet avion sans retour. Je n'ai posé aucune question et j'ai tout gardé avec affection jusqu'aujourd'hui. Passer par la maison de la rue 8 et devenir triste est une seule et même chose. La sensation de ces jours-là revient et je me demande comment nous n'avons pas compris qu'ils partaient pour toujours. Ils commençaient leur long adieu tandis que j'entamais mon étape de conservation de cette mémoire de rechange. Moi, la dépositaire de ceux qui sont partis, j'ai peu à peu créé une pièce dans la nouvelle maison, où je conserve les trésors, ce qu'on me laisse. Même la boîte noire de ma mère a été déposée là comme une pièce de musée.

Aca et Serguey n'ont jamais parlé de ma mère, c'était un mystère, aussi flou dans le temps que chacun des points d'interrogation sur sa tante Celia ; aussi, par respect, nous avons toujours évité les sujets complexes et notre amitié est restée intacte. Pendant nos repas et sorties sur la plage, nous parlions toujours cinéma, livres, chaussures, voyages, recettes de cuisine irréalisables et, surtout, amis communs qui écrivaient ou appelaient de l'« au-delà », tout de suite, l'au-deçà.

Nous sommes montées à toute vitesse dans la fourgonnette d'Aca et avons roulé jusque chez elle. La jeune femme veut que nous passions par son appartement, j'ignore pourquoi.

Miami s'ouvre comme une étendue d'eau claire. Un miroir rempli de lacs et de marais. Nous nous engageons dans des quartiers qui tournent le dos à la mer, mais nous la retrouvons en empruntant un virage surprenant.

Quand nous arrivons devant l'immeuble, Serguey est sur le parking. Je n'en peux plus et me mets à pleurer. C'est la première fois que je vois quelqu'un qui me rappelle le père véritable, celui de tous les jours. Les amis que j'ai laissés derrière moi parlaient au passé, Serguey le fait au présent :

— Comme tu as grandi, ma petite ! Pourquoi n'as-tu pas amené ton père ?

Lui comme moi, nous voulons nous le rappeler vivant, dans son cinéma. Vivant dans sa maison, vivant en nous. Nous nous étreignons et les pleurs commencent. Ils me laissent pleurer un moment tranquille au nom de tout ce qui m'est arrivé, et à eux aussi, après tant d'années sans nouvelles. Lujo a été le seul pont entre les deux familles et sa discrétion excessive nous a maintenus presque isolés. On découvrira peut-être un jour que Lujo est une Mata Hari de première, mais on l'aime comme il est, ça ne changerait rien. C'est le dernier bastion de cette absence.

Dans l'ascenseur, je regarde le visage de la jeune fille qui nous accompagne. Serguey se charge des présentations. Il s'agit de Celia María, fille de ma tante pathologiste. Je ne me rappelais pas qu'elle avait une fille, ma mère ou mon père ne m'en ont jamais parlé. Pour comble, elle s'appelle Celia María et est la fiancée de Camilo, le fils unique d'Aca et Serguey.

Je la regarde et, bien sûr, nous nous ressemblons beaucoup. Mon double à Miami, plus jeune de huit ans et avec des cheveux blonds qui nous différencient immédiatement. Lorsque la porte de l'ascenseur s'ouvre, j'en sais déjà beaucoup sur elle, les études qu'elle a suivies et ce qu'elle va faire. Le pire, ma tante est morte d'un Alzheimer deux ans plus tôt. Aussi jeune que ma mère. Je pense que je dois me dépêcher, tout noter, ma mémoire aussi est en danger, car cela semble être un mal héréditaire chez nous. Je compte les années qu'il me reste pour tout dire, tout, tout. Aurais-je au moins le temps de mener ce projet à terme ?

Nous entrons dans l'appartement et je pense alors que c'est vraiment la quatrième dimension. Une reconstruction parfaite de la maison d'Aca et Serguey à La Havane, la maquette de leurs envies, un endroit face à la mer qui n'efface pas ce qu'ils ont été jusqu'à présent.

Dorénavant, je ne prends que des notes, je n'ai pas le temps d'écrire mon journal comme je voudrais. Beaucoup d'informations, de drames, d'événements.

Larmes. Aspirations. Appels d'amis de ma mère. Je ne peux ni manger, ni boire. Je ne pensais pas que tout allait se compliquer à ce point en moi.

Je passe les matins avec Celia María et Camilo dans leur appartement de la plage ; les après-midi, Aca et Serguey reviennent du travail accompagnés d'Arturo, José, Raffaello et d'autres amis de mes parents.

Je préviens les responsables de ma bourse pour officialiser ma venue et leur dire que je ne resterai que quatre courtes journées. Tout est en règle, ils ne connaissent pas le sujet de mes recherches, mais pourtant cela en vaudrait la peine. Ils ont confiance en mon livre-objet.

Je note les meilleurs moments avec les amis.

CAMILO : Étudie la mécanique industrielle et travaille chez le glacier Giraldelli pour subvenir à ses besoins. Il est doux, joyeux. Il me prête son lit, me prépare le petit déjeuner. Il travaille beaucoup.

ACACIA : Gérante d'une boutique de parfums distinguée. Spécialiste en arômes.

SERGUEY : Écrit des articles la nuit et les publie dans le monde entier. Le jour, il est conseiller en droits d'auteur de plusieurs entreprises liées à la musique.

CELIA MARÍA : Avocate en droits d'auteur, elle n'a pas encore trouvé de travail. Elle ne parle guère de sa mère, d'après elle, ma tante a diagnostiqué sa propre maladie. Nous avons préféré changer de sujet.

Celia a fait une étude sur la musique de l'exil ; elle est intense, curieuse. J'imagine que, d'ici quelques années, elle fera beaucoup parler d'elle. Elle se prépare en silence à toute éventualité.

RAFFAELLO : Professeur d'architecture à l'université. Il a été chargé de me faire visiter la ville. Il semble être le seul habitant de Miami à avoir décidé de se passer d'automobile. Je pensais que ce serait impossible dans une ville comme celle-ci, mais il prend l'autobus et descend n'importe où, regardant le paysage et notant ce qu'il trouve sur son chemin. Nous avons fait la promenade avec Serguey dans sa voiture, sinon les quatre jours auraient filé à regarder des immeubles de Miami Beach. J'ai eu l'idée de demander s'il existait un style d'architecture à Miami… Ouh, pourquoi ! Je prends des notes tout en regardant les différents points stratégiques de la ville qu'il me montre.

« Miami n'est pas une ville : c'est une région. La deuxième colonie cubaine, après La Havane. À seulement quarante-cinq minutes d'avion de la si Fidèle Île de Cuba. Comparons Miami à la capitale dense et détériorée de Cuba. La Havane est la seule ville de l'hémisphère où se soit produit un phénomène urbain sans précédent : la ville a grandi vers l'intérieur. Au contraire, l'expansion urbaine, copie du modèle nord-américain, a envahi l'Europe et le reste du monde. Miami possède un haut niveau d'infrastructure technologique. »

En retenant ma respiration, j'écoute attentivement sa théorie sur Miami et La Havane, villes du yin et du yang. La partie cubaine de Miami est un reflet de La Havane, les mêmes noms de restaurants typiques, les saveurs, les odeurs, les gens qui regardent vos chaussures, comme à El Vedado. Nous avons construit un petit ghetto reflet, la ville et son reflet, la dilatation d'une autre ville à quatre-vingt-dix milles au-delà de l'île, avec des milliers de clones qui conduisent sur les routes en bord de mer, peut-être avec l'illusion étrange que ces routes s'achèvent sur le Malecón de La Havane. Si tu plisses les paupières et que tu respires profondément, si tu écoutes les voix et fermes un peu, ne serait-ce qu'un peu, les yeux, tu as l'impression d'être restée à Cuba.

Escortée de Raffaello dans les rues de Miami, je sens que je suis à l'abri de tout. Nous sommes allés dans sa maison sur la plage, zen, vaste et ensoleillée. Puis nous nous sommes promenés dans divers endroits que je ne veux pas oublier : Lincoln Road Mall et South Beach Art Deco District. Ensuite : villa et jardins de Vizcaya, Coral Gables Hotel Biltmore. J'ai dû m'ouvrir l'esprit pour y faire tout pénétrer.

Raffaello ne parle pas de ma maman, son unique sujet de conversation : La Havane et Miami. Il vit dans un monde qui se trouve en face du mien : je suis dans une rue et je dois traverser pour le retrouver. Ce que je fais.

Le soir, Aca, Serguey, Celia María et moi attendons que Camilo sorte de son travail de nuit chez Giraldelli, à deux cents mètres de la maison de Raffaello, nous luttions contre le sommeil en essayant de regarder *Koyaniskatsi*, somnolant sur ses nattes indoues. D'après lui, c'était le film préféré de ma mère. Je ne le crois pas, mais nous tentons de faire cas de ses arguments.

LA MAISON DE CHELA

Chela, l'unique sœur en vie de Celia, a quitté Cuba aux premiers temps de la Révolution. Elle a aujourd'hui quatre-vingt-dix ans. Les souvenirs se mélangent dans sa tête. Elle est douce, élégante et délicate. Elle ressemble beaucoup à ses sœurs, j'imagine que Celia lui ressemblerait si elle vivait toujours.

Le hasard a voulu que mon voyage coïncide avec cette date. Aca et Serguey m'ont invitée à la fête d'anniversaire, nous voilà. Une *party* où Cuba est très loin et, pourtant, le prétexte de tout. Dans son discours, Chela parle de ses sœurs ; pour elle, Celia et Acacia Norma, la maman d'Aca, représentent un souvenir particulier. Les gens applaudissent, célèbrent, dansent sur la musique cubaine qui se fait à Miami, et aussi de celle qui se fait à Cuba, comme si de rien n'était. Ni embargo, ni discussions politiques. C'est une fête cubaine à Kendall.

Nous dansons très tard. Chongo, le frère d'Aca, et Mae, sa femme, arrivent avec la petite dans les bras. Ils travaillent tous les deux pour une chaîne de télévision. Nous bavardâmes toute la nuit. Il est arrivé le premier à Miami, il réalise le journal télévisé ; Mae est maquilleuse et éditrice, elle fait preuve d'une immense patience envers les stars de ce firmament de la télévision latine.

Nous échangeons des anecdotes, rapprochons des noms, des lieux propres à La Havane d'avant, des films de mon père, galeries d'art et expositions connues. Dans leurs vies, il y a un morceau agréable de moi, quelque chose que j'ai sans doute vécue. Ce que j'ai appris de mieux au cours de ce voyage. Nos émotions reviennent là où sont les êtres qui nous ressemblent spirituellement. Où qu'ils se trouvent, nous y serons. Par-delà la politique ou la géographie. Quand on sert le dîner, un monsieur très élégant vient nous parler des haricots noirs et, pensant que je ne suis pas née à Cuba, il commence à parler en détail des saveurs de ces plats. Je réfléchis un peu puis, de retour à la maison, je demande à Aca et à Serguey. De quels plats et de quelle île ce monsieur pouvait-il parler ?

J'ai pris des notes de la conversation avec (Aca) Acacia Gloria Gómez Sánchez, *La Pompa*, et Marcos Gómez Sánchez, *Chongolo*, enfants d'Acacia Norma Sánchez Manduley et de Delio Gómez Ochoa (commandant de la Sierra Maestra). Je veux que le livre de ma mère présente toutes les contradictions de ses personnages, je ne veux pas un livre schématique. Je laisse nos guerres internes, nos douleurs et notre proximité sortir avec l'épopée de Cuba. C'est un livre-objet que je compte écrire dans les mois à venir, avec toute la dimension liée à Cuba.

Au North Ocean Grill

Le soir, nous sommes allés dîner à Ford Lauderdale avec Aca et Serguey. Le restaurant s'appelait le North Ocean Grill.

De retour à la maison, la mer noire me rappelait mes escapades nocturnes du côté de Santa María, à l'est de La Havane. L'espace d'une minute, j'ai plissé les paupières et il m'a semblé que j'étais toujours au même endroit. Mais non. Le temps file et il ne me reste que vingt-quatre heures à passer avec eux. J'ouvre les yeux et ne pus pratiquement pas dormir de la nuit. « Je veux-tout-savoir ! »

Je repense à ce que nous avons dit sur la famille de Celia, j'ignore de nombreux détails. Sommes-nous heureux là où nous avons décidé d'être ? Est-ce une bonne chose ? me demandé-je.

Les choses que l'on m'a dites sur ma mère ne sont pas très différentes de celles que je connais déjà. Cet après-midi, Arturo m'a appelée. Ce qu'il m'a dit sur elle m'a fait réfléchir.

« Ta mère n'a aimé personne, elle n'a pas pu car nous ne le lui avons pas permis, nous nous sommes tous disputé son amour et l'avons laissée vide. »

Demain, Chongo fera une fête d'adieu chez lui. Tout s'est bien passé. Un jour, je rentrerai. Un jour, je rentrerai, pour l'instant je ne peux m'arrêter d'écrire. Tout s'est bien passé. C'est mon œuvre, ma pièce, l'intervention dans le monde de ma mère. Mais… et moi ? Que vais-je devenir ?

Fête finale à Miami

Chongo m'offre une fête chez lui avec les amis les plus proches. Mae et lui sont des hôtes très généreux. L'appartement est vaste, avec des fenêtres partout, s'élevant au-dessus de la mer. Si on regarde en bas, on peut utiliser son balcon comme tremplin. Toute la famille est venue me dire au revoir.

J'ai parlé de certaines choses avec Celia María, des questions qu'elle se posait sur mes parents, des affaires dont je m'occupe encore. À sa naissance, nos grands-parents étaient déjà morts et son père est américain, un vétéran de la guerre du Viêtnam, qui ignore tout de notre famille.

Après ces formalités avec Celia, j'ai téléphoné à Diego pour lui dire que tout était en ordre. Il m'attend à l'aéroport de La Havane. Nous arriverons presque en même temps. J'ai tant de choses à lui raconter.

J'ai rencontré un musicien fabuleux qui parle de littérature et de chapeaux, deux écrivains que mon père citait souvent et plusieurs *trovadores* de ma génération qui rappellent ceux de La Havane.

Je reçois des artistes qui sont mes amis et qui

étaient ceux de mes parents. Arturo arrive enfin, lorsque la porte s'ouvre, nous avons presque la même tenue.

Je me jette dans ses bras et nous dansons toute la nuit.

Arturo est très fâché d'avoir dû abandonner sa carrière à Cuba, sa famille, sa vie d'avant. Je pense que nous partageons tous ce profond sentiment, mais il n'y a pas de consolation, encore moins pour moi qui me sens de plus en plus seule.

Arturo dansait dans toutes les fêtes à La Havane, c'était un personnage exotique qui éclairait la pensée d'un immense groupe d'artistes. Je l'adore et j'ai du mal à le quitter, quand nous reverrons-nous ? Cela sera-t-il possible ? Où ? Quand j'étais adolescente, je pensais que je vivrais toute ma vie près de quelqu'un comme lui. Nous avons dû nous défaire de choses très chères qui semblaient éternelles et qui sont aujourd'hui lointaines, perdues. Nous avons dû remettre à plus tard ce à quoi nous tenions le plus, les sentiments.

Fou et sensuel, Arturo est parti en courant de *Blade Runner* à Miami.

Je me demande si nous avons tous fait les bons mariages, eu les liens cohérents et les unions que la vie nous offrait vraiment. Nos liens, ici ou là, émergent, saisis en temps de guerre.

Soudain, la lumière baisse, tout est plongé dans la pénombre et nous commençons à danser sur les Beatles, puis Celia Cruz et à la fin les Van Van, avec la salsa harmonique habituelle : « Voici, voilà, c'est fini, voici, voilà, c'est terminé, je ne t'aime plus, voici, voilà, je te dis à bientôt, voici, voilà, non, non, non, non, non. »

Je sens que tout tourne, je n'ai pas bu un seul verre de vin. Je veux être lucide pour tout enregistrer. Je suis ivre de Cuba et de moi.

Dans l'obscurité nous crions d'une personne à l'autre sans deviner qui est qui. Ma taille passe de main en main et les corps se mêlent, sans distinction. Je pense, comme une naufragée, aux conflits que mon père me racontait toujours entre ceux de là-bas et ceux d'ici. Entre Miami et Cuba. Entre La Havane et son reflet. Maintenant tout semble s'arrêter juste pour la danse : ou il y a une trêve, ou la guerre est finie, car la maison danse et chante. Je me sens heureuse de savoir que je ne suis pas hors du monde, que je serai bien reçue en ce lieu et, même si je suis de passage car je ne viens pas pour rester, ils ne me donneront pas l'impression d'être étrangère. Une partie de ma vie se trouve en eux, bien que ma maison attende ailleurs, à l'endroit où je reviendrai à la fin de cette pièce et de ce « voici, voilà », qui n'en finit pas dans ma tête.

Je quitte la fête en courant pour faire ma valise. Je ne veux pas dire au revoir, je préfère dire : à demain. Aca et Serguey ne dorment pas. Nous avons ri et pleuré toute la nuit. C'était comme faire le mur et nous voir à toute vitesse. Au retour tout aura l'air d'avoir été un rêve. Quand cette distance absurde prendra-t-elle fin ? Je répète : si proche et si loin. Nous nous embrassons à l'aéroport et ne nous permettons pas une larme de plus. Nous nous souhaitons du succès et « à la prochaine caricature ».

Je suis attachée à mon siège. Je prends des notes. Je ne peux pas ne pas relater le chapitre vaniteux des boutiques à Miami.

Comme dit Lujo, le musée Gucci, la fondation Cartier. Je note, je note, je note car je ne peux ni ne veux rien oublier.

Voyage à La Havane

Le retour

Nous survolons les îlots, je vois de petits bateaux, portés par les vagues, des gens qui pêchent. Une vie réelle est restée en bas. Le vol est plus décontracté, moins tendu.

En apercevant la terre cubaine, les personnes qui vivent à Miami se pressent près des hublots, nous arrivons du côté de la centrale thermoélectrique de Santa Cruz, au-dessus des puits de pétrole et du feu. Beaucoup d'émotion, des applaudissements, des cris de joie.

« C'est Cuba, Cuba, Cuba » disent-ils. Ils chantent « La Guantanamera », pleurent, marchent dans les couloirs, s'étreignent, nous ne sommes pas encore arrivés ; mais d'après eux, nous y sommes déjà. Je regarde le paysage en imaginant ce qui m'attend en bas : Diego, avec son costume de reporter posant des questions sur le futur. Lujo à la maison avec les plats préparés et ses interminables questions sur le passé et, comme toile de fond, le Malecón mouillé, car d'en haut on voit qu'il va pleuvoir.

Le passager assis à côté de moi me demande si c'est la première fois que je vais à Cuba. Je lui dis que je vis à La Havane. L'hôtesse de l'air vient lui demander de signer un disque pour le pilote ; elle lui remet l'exemplaire et se dirige vers la cabine. C'est un petit mulâtre, calme et sympathique ; il doit avoir dans les quatre-vingts ans. Il essaie de lire ce qu'il y a sur la pochette mais il ne voit pas bien, il me regarde, consterné :

— Pourquoi est-ce que je dois signer ça ?

Je vois le disque et je m'aperçois que mon voisin est l'un des grands pianistes cubains de tous les temps. Je lui prête le stylo avec lequel je prends mes notes, mais le monsieur ne comprend pas le sens de la signature.

— Qui est-ce ? me demande-t-il en se regardant sur la couverture.

— Lui, c'est vous. Signez le disque pour le pilote.

— Mais qui suis-je ?

— Vous êtes un grand pianiste, c'est sûr, le meilleur dans votre domaine.

— Tu en es sûre ?

— Aussi sûre qu'on vole.

— Ah ! mais, on vole ?

Le monsieur met ses lunettes et s'émerveille devant le disque. Il pense que ce n'est pas possible, et il voit ce disque pour la première fois. C'est un double album, qui date de quelques années, il ne s'en souvient plus.

— J'ai joué là-bas avec eux ? Ils sont presque tous morts, n'est-ce pas ?

— Quelques-uns, oui, ai-je répondu un peu nerveuse.

— Et où suis-je maintenant ?

— Dans un avion pour rentrer à Cuba.

— Alors nous ne sommes ni dans un lieu ni dans l'autre. Nous sommes en l'air.

J'acquiesce de la tête. Il regarde le disque et je lui rappelle :

— Vous devez signer, et, avant, écrire quelque chose.

Nous allons atterrir, les passagers crient de plus en plus fort. L'ambiance ambiguë, entre rire et pleurs ; le vieux pianiste se contente de signer la pochette, d'une main tremblante.

— Excuse-moi, petite. Nous allons à La Havane, ou nous la quittons ? C'est que, dernièrement, j'oublie tout. J'ai quatre-vingts ans, j'ai presque tout oublié du piano, imagine.

— Vous étiez à Miami, mais maintenant nous arrivons à La Havane.

Très calme, l'hôtesse de l'air annonce les détails de l'atterrissage compliqué ; puis elle reprend le disque, remercie le pianiste de son attention.

Elle l'embrasse, il n'y comprend rien, et elle repart vite vers la cabine.

L'avion bouge un peu. À La Havane il pleut fort. Je vois la lumière de Cuba à travers un autre prisme, une nuance couleur de plomb que le soleil pénètre dans un dégradé de violet surprenant. Je tente l'idée que dix ans et non quatre jours se sont écoulés depuis mon départ, un bon exercice pour la nostalgie qui ne donne pas de résultat si l'on n'a pas vécu suffisamment longtemps loin de chez soi. Je sens que l'avion tombe sur la piste comme sur un matelas de plumes, sans le rituel rigide de l'atterrissage, mais que nous n'avons pas pu toucher terre. Nous tournons en rond car la tempête ne permet pas de rejoindre le sol. Cuba est en bas et nous allons progressivement entrer dans l'œil d'eau en nous frayant un passage entre les gros nuages.

Le vieux pianiste s'est endormi. Ses mains font des gammes sur le bras du siège. Les passagers restent silencieux. Nous survolons la terre et soudain un vide terrifiant nous secoue. Les cris ne peuvent nous sauver de rien. Nous sommes toujours en l'air, tournant en rond. Le vieux pianiste prend peur et me demande, très sérieux :

— Qu'est-ce que je te disais ?

Nous touchons brusquement la piste, il pleut abondamment et tous les passagers applaudissent. Le vieux pianiste détache sa ceinture, s'arrête net pour saluer cérémonieusement le public qui applaudit de son siège. Il me regarde et me demande à nouveau :

— Où dis-tu que l'on est arrivés ?

— À La Havane, lui ai-je répondu en me dirigeant vers la porte qui était encore fermée.

REMERCIEMENTS

À la famille de Celia Sánchez, ici et là-bas, pour ses anecdotes, ses mots et son hospitalité.

À *Mami* pour ses pages perdues et pour sa poésie retrouvée.

À Celia, pour ne pas s'être laissé découvrir, pour s'être envolée.

À Marco, mon conseiller.

À Julio Carrillo, pour son style.

Aux archives cubaines, aux deux rives, aux amis qui gardent la mémoire.

À vous, en secret.

Table

Première partie
Une aube avec personne

Notes dans mon journal 27
Réunion à la radio 34
J'écris dans mon journal 41
Merci, Moscou 42
Premier janvier 2006. 7 h 30 45
2 janvier 2006. (Carnet rouge) 49
3 février 2006. Paris. Très tôt. 51
20 février 2006. Paris. 55
Journal rouge 57
Parole d'Esquimau 63
10 mars. Paris 65
Feuilleton radiophonique cubain :
« Rencontre avec Paolo B. » 72
20 mars 2006. Moscou. Russie. Ex-URSS 78
Une émission pour Diego 89
Lettre de Diego que j'ai collée dans mon
journal rouge 97
Lettre de Diego dans mon journal rouge 101
Cher journal, ... 104

DEUXIÈME PARTIE
Douleur et pardon

Cuba se trouve à Cuba 113
Mon pays : mon musée personnel 118
Discours funèbre. La Havane sous
les giboulées 121
Paroles contre l'oubli 127
La boîte noire 133
La maison, la mère, la mémoire et le corps 137
Le bain 139
Bande Orwo 143
Journal rouge : 151
Fonds rares et précieux 153
Qui suis-je ? 155
28 mai 157

TROISIÈME PARTIE
Le livre de ma mère

La rencontre avec Celia 161
Celia, Brooklyn et la neige 181
Le terrain de golf, le Che et les nus 184
La réprimande de Celia 185
La Fin de l'école – le chemin vers la radio.
Conversation avec Celia et Fidel dans
la maison de la rue 11 188

Témoignage : transmis depuis la radio ennemie 193
Castro et moi 196
Notes (Fidel : détails, habitudes, style) 199
La dernière fois que je l'ai vue 201
Idées/Notes 206
Comment Fidel apprit la fuite de Batista 210
Comment nous avons accueilli la nouvelle (I) 218

QUATRIÈME PARTIE
Je n'ai jamais été première dame

Terre ou sang ? 223
Veillée funèbre de Celia. Ma mère. Les papillons. Le peuple 225
La bibliothèque avec une couverture 227
Monologue avec la télévision 232
Douleur et pardon 237
Du vrai théâtre 244
Veillée funèbre en vie 248
Au sujet des notes de Dania 256
Petit-déjeuner. L'aquarium et la mort de ma mère 261
L'adieu à ma mère 266
Nous avons grandi 268
28 juillet 271
Comment nous avons accueilli la nouvelle (II) 277
Lettres. Lettres. Lettres 285
Ce qu'est une Cubaine 288

Voyage à Miami 290
Au North Ocean Grill 300
Fête finale à Miami 302
Voyage à La Havane 306

Remerciements 311

Wendy Guerra
dans Le Livre de Poche

Tout le monde s'en va n° 31485

Alors que tout le monde part pour un ailleurs fantasmé, Nieve grandit sur l'île de Cuba dans les années 1980, consignant dans son journal intime les événements marquants de son existence. De son enfance – tiraillée entre des parents bohèmes qui se déchirent – jusqu'aux prémices de sa vie de femme, c'est un itinéraire personnel, poétique et sans fard, qui se dessine alors. Celui d'une jeune fille pour qui les expériences amoureuses vont participer à l'éveil d'une sensibilité artistique comme d'une conscience politique. La pulsion créatrice bat au cœur de ce récit, comme possibilité d'accomplissement mais aussi de résistance, alors que tout le monde s'en va.

Du même auteur
aux éditions Stock :

TOUT LE MONDE S'EN VA, 2008.

MÈRE CUBA, 2009.

POSER NUE À LA HAVANE, 2010.

Composition réalisée par PCA

Achevé d'imprimer en août 2011 en Espagne par
BLACK PRINT CPI IBERICA, S.L.
Sant Andreu de la Barca (Barcelona)
Dépôt légal 1re publication : septembre 2011
Librairie Générale Française – 31, rue de Fleurus – 75278 Paris Cedex 06

31/3458/2